いまを生きるちから

五木寛之

角川文庫 15462

まえがきにかえて

最近、しきりにため息をつくことが多くなった。朝、新聞を読んでは、ため息をつく。夜、テレビのニュース番組を見ては、ため息をつく。自然とそうなってしまうのである。

想像を絶するような事件や、出来事が毎日のように報じられているからだ。そのなかでも、人の命にかかわる悲惨な事件が、ことに目につく。子供や、女性や、老人など、弱い立場の人びとに加えられる暴力も多い。また、七年連続三万人を超える自殺者が出ているという新聞記事もあった。

世界でトップの長寿大国日本は、また世界でも有数の自殺大国でもあるらしい。それと同時に、近ごろ私たち日本人の生きるエネルギーが急速に低下してきた気配もある。

戦中、戦後の苦しい時代でも、日本人はもっと元気があったように思う。

不景気やデフレが続いているとはいえ、今よりはるかに大変な時代がこれまで何度となくあったのだ。歴史の陰の部分をのぞいてみると、そんなたくましい日本人の生きるエネルギーが渦巻いていることがよくわかる。名もなき農民たちが、みずからの生死と信仰を守ってさまざまな迫害に耐えた事実に、あらためて感動しないわけにはいかない。

いま、この時代を生き抜くちからは、いったいどこにあるのか。かけがえのない生命の重さを、どうとりもどせばいいのか。

そもそも、どうしてこれほど人間の命が軽くなってしまったのか。その命の大事さをどう子供たちに教えればいいのか。いや、私たち自身が、いまその点を根本的に考え直す必要があるのではないか。

明治以来、この国の近代化の流れのなかで、私たちが失ったものは少なくない。仏教では「我《われ》ありて、彼《かれ》あり」という。車の両輪のように、対応する両方が大事なのだ。

そしてまた国際化のかけ声のなかで、欧米をはじめ諸外国の文化の土台となっている部分が、ほとんど無視されてきたように見える。

和魂洋才《わこんようさい》というが、洋才には洋魂があって当然である。土のなかの見えない根の部分が、地上の葉や花をささえているのである。宗教的感覚というのもその一つだろう。

いま二十一世紀の時代に、私たち日本人が世界に発信できる独自の和魂とはなにか。生きていくちからとは何か。そのあたりを駆け足で探ってみたい。一緒に考えていただければ幸いである。

いまを生きるちから　目次

【スペシャル・インタビュー】

第一章　日本人の忘れもの

こころの戦争

何年か前に、秋田市へ行きました。曹洞宗《そうとうしゅう》の青年部が主催するシンポジウムに招かれ、出かけていったのです。

お寺の若い僧侶《そうりょ》たちが一体どういう催しをするのだろう、という興味もあったのですが、シンポジウムの内容のなかには、〈自殺をどう考えるか〉というテーマがありました。

そのテーマにも関心を抱いて秋田へ出かけていったのです。取材にきていた新聞社の関係者は、

「こういう暗い内容のテーマですから、さて、どのくらい人が集まりますかね」

と、言っていたのですが、はじまってみますと、立ち見がでるほどの盛況でした。

この問題に対する市民の関心の深さというものを、まざまざと感じさせられたものでした。

私はシンポジウムに先立って基調講演のようなものをしたのですが、そのなかで最近の日本人の自殺の増加ぶりにも触れました。

会が終わったあと、スタッフのひとりに、

「どうして秋田で、こういうテーマの催しを計画されたんですか」

と、たずねてみました。すると、

「じつは、県民当たりの自殺の数字が、現在いちばん多いのは、残念ながら秋田県なのだそうです。なんでも七年連続第一位だったそうで、そんなこともあってこういう催しを計画することになりました」

という話でした。言葉に出しては言いませんが、その人の表情には〈なぜ秋田県が?〉と、納得のいかない疑問がうかんでいたように思います。私もふしぎでなりません。さらにその後、秋田県の自殺率は十年連続日本一になってしまったと聞きました。

秋田県は、東北ではゆたかな県です。美しい自然にもめぐまれた土地です。県民性も開放的で明るいところがあります。

私は二十代のころ、「家の光」とか「地上」など、農村向けの雑誌のライターをしていたことがありました。東北の農村もずいぶんたくさん歩きまわったものです。そのころの秋田県は活気があって住み良い県だ、という印象でした。それがこのところ十年連続自殺率トップというのは、どうもよくわかりません。

秋田県に限らず、いま、日本人の自殺者数は七年連続して年間三万人をこえています。

この問題について、私は二十年ほど前からずっと関心を抱きつづけてきたのですが、当時はほとんど話題にもなりませんでした。インタビューやシンポジウムなどでそのテーマを持ち出しますと、必ず「こんな暗い時代ですから、なにかもう少し明るい話題をお願いします」と、言われたものです。

しかし、数字を見てみますと、厚生労働省によると平成三年に一万九千八百七十五人だった日本人の自殺は、翌四年に二万八百九十三人と、二万人の大台をこえます。そして次第に増加していき、警察庁の数字では平成七年には二万二千四百四十五人、そして平成十年には三万二千八百六十三人という、驚くべき激増ぶりを示したのです。

翌十一年には、三万三千人をこえました。三万三千四十八人という数字が出ています。その後も平成十二年は三万一千九百五十七人、平成十三年は三万一千四十二人、平成十四年に三万二千百四十三人、平成十五年には三万四千四百二十七人と三万人以上の数字が続いています。

いちばん最近の資料では、平成十六年の三万二千三百二十五人という数字が報じられています。七年連続三万人をこえたことになります。

この数字を見て、何とも言えない気持ちになりました。日本は世界に冠たる長寿大国をつくりあげたと同時に、また、かつてなかった自殺大国をつくりあげてしまったのです。

ふと、私が少年だったころの敗戦後のことを思い浮かべました。半世紀以上も前の戦後は大変な時代でした。食料不足、住宅難、そして超インフレ。街には戦災孤児たちがあふれ、復員軍人や引揚者が体ひとつで帰国してきました。経済的にも社会的にもじつに苦しい時代だったのです。

しかし、そのころのことをふり返りますと、困難な時代だったにもかかわらず、なぜか日本人にものすごく元気があったような気がしてならないのです。生きていくことは大変でしたけれど、しかし、当時の日本人の表情にはふしぎな明るさがあり、焼け跡ヤミ市には、生き抜いていこうとする人びとのエネルギーがギラギラと輝いていたような気がします。

むかしのことだからそう感じられるのかもしれません。しかし、私の記憶のなかでは、当時の日本人は、いまよりはるかに元気だったような気がするのです。

この平成十六年の三万二千三百二十五人という数字は、警察庁の公式の発表です。実際には統計に出ない数字が、水面下に横たわっているのではないかと思います。三万人という数字が一体どういう数字なのか。私たちには実感がありません。しかし、春、夏、秋、冬と年に四回、阪神淡路大震災以上の災害が襲ってきていると考えていいでしょう。

核兵器反対の声は、私たちが決して忘れてはならない大事な願いですが、広島に落とされたのと同じ原子爆弾を、六、七年に一発ずつ、ずっと日本列島に落としていくのと同じ市民の死者の数を出しているのです。

アメリカは一九六〇年代のはじめから十数年にわたる泥沼のベトナム戦争を経験しました。アメリカの歴史にとっては、〈九・一一〉以上に大きな傷と言えるでしょう。

その十数年にわたるベトナム戦争のなかでアメリカが失ったアメリカ人のいのちは、約六万人前後といわれています。

あの泥沼の戦争で失われたアメリカ国民のいのちが約六万人とすれば、いま私たちが、この平和な時代にわずか二年間で六万人以上の一般市民の死者を出していることを、どう考えたらいいのでしょうか。

空襲警報も鳴らず、爆弾も落ちない。機関銃の弾も飛んでこない。そして物はあふれ、スポーツや音楽や、さまざまな催しが華やかに行われている。そのなかで年間三万人以上の一般市民の死者が出ているというのは、まさに今こそ有事としか言いようがありません。

平和な時代のかげで、見えない戦争がつづいているのではないか、と考えざるをえないのです。それは、こころの戦争、インナー・ウォー、と言ってもいいでしょう。

いのちの軽い時代

最近ようやく、この問題についてジャーナリズムも関心を持ちはじめたようです。しかし、私のところへ向けられる質問は、あまりにも単純で、答えようがありません。

長く説明したとしても記事になるときは、ごく短かいコメントに終わってしまいます。しかたがないので、私もこのところ、できるだけ短かく答えるようにしています。

「なぜ、こんなに自殺者が多いのでしょうか」

と、聞かれれば、

「日本人のいのちが軽くなったからじゃないでしょうか」

と、簡単に答えます。

「どうして、軽くなったんでしょうか」

しかたがないので、また手短かに答えます。

「それは、こころが乾いているからです」

「こころが乾いていると、いのちが軽いのですか」

最近そういうときには、手近かにあるおしぼりを手にとって、こう言います。

「このおしぼりには重さがあります。なぜかといえば、水分を含んでいるからです。もし、このおしぼりにドライヤーの熱をあてつづけていけば、どんどん乾いていくにしたがって軽くなっていきます。さらにあてつづければ表面にうっすらと焦げ目ができてくる。いま私たち日本人のこころは、ちょうど乾ききってうっすらと焦げ目ができかかってきたような、そういうところに差しかかっているのかもしれません」

乾いたものは軽く、水分を含んだものは重い。あまりにも単純な説明ですが、しかし、私の実感としてそうなのです。

水というのは生命の母ですが、私たちは日頃あまりそのことを、まともに受け止めていません。あまりにも身近かにたくさんあるからでしょうか。

水を使った表現にも、〈水っぽい〉とか〈水増し〉とか、ろくなものがありません。しかし、水分を含んでいない乾いたものは軽いのです。これほど自殺者が多いのは、いま日本人のこころが乾いている、ということだと思います。

乾いているものは軽い。軽いいのちは投げ出すことにそれほどの抵抗がありません。大事なことは、自分のいのちが軽く感じられる人にとっては、周囲の他人のいのちも同じように軽く感じられるのではないか、ということです。〈かけがえのないこのいのち〉という実感がそこにはありません。

自分のいのちを軽く感じる人は、他人のいのちも軽く感じる。だから他人のいのちを奪ったり傷つけたりすることも、それほど抵抗がないのではないか。

いま私たちはこうして、日本人としてこれまで体験したことのない、いのちの軽い時代に直面しているのです。

あの悲惨な戦争の時代も、また戦後の苦しみのなかでも、これほど多くの人びとが自分のいのちを自ら放棄《ほうき》していくことはなかったはずです。

古い統計はないので何とも言えませんが、私たち日本人はいま、これまでの歴史のなかで体験したことのない、いのちの軽い時代に直面している、と言えそうです。

湿式から乾式へ

このことについて、もう少し突っこんで考えてみましょう。

私たち日本人は、いまを生き抜くちからが希薄《きはく》になっている。どうすれば、いのちの重さをとりもどすことができるのだろうか。

そのことをずっと考えつづけてきました。重苦しいテーマではありますが、いま私たちは、そこから目を逸《そ》らすことのできない地点までさしかかってしまったのです。

いつぞや、東大の鈴木博之《ひろゆき》教授が総合雑誌にお書きになっていた「建築は渇く」という文章を読んで、なるほど、と思ったことがありました。ふだん見慣れない言葉に出あったのです。

それは、乾式《かんしき》工法と湿式《しっしき》工法、という言葉でした。戦後の日本の建築工学の流れは、簡単にいえば〈湿式工法〉から〈乾式工法〉への大転換であった、という説明でした。その文章に、なにか目から鱗《うろこ》が落ちたような気がしたのです。〈湿式工法〉から〈乾式工法〉への転換。

ふり返ってみますと、むかしは家を建てている前を通りかかりますと、道路に大きな鉄板を敷き、そこにセメント袋からセメントの粉末を出し、砂利などを入れ、さらにバケツで何杯も何杯も水を注いで、それを男たちがスコップでこねあわせて、コンクリートをつくっている現場によく出くわしたものです。むかしは一軒の家を建てるにもずいぶんたくさんの水が使われていました。

コンクリートだけではありません。壁土《かべつち》を練《ね》る、漆喰《しっくい》をつくる、その他、いろんな場所で建築には多量の水が使われていたのです。

このたくさんの水を使う工事の方法を〈湿式工法〉というのでしょう。

やがて技術の進歩とともに、少しずつ新しい流れが出てきました。それは〈乾式工法〉という、水を使わない工事の方法です。コンクリートは工場でつくっておく。壁土は使わずにベニヤ板をはり、その上にビニールの壁紙をはる。

壁や屋根は組み立てる。アルミサッシ、ガラス、プラスチック、人工素材などをボルトでしめたり、接着剤でつけたりすることによって、いま、ほとんど一滴の水も使わずに、一軒の家が建つような時代になりました。このことを〈乾式工法〉というそうです。

〈湿式工法〉から〈乾式工法〉への転換。

それは建築の現場だけのことでしょうか。私には、戦後の六十年ほどのあいだに、社会のすべての分野で、〈湿式〉から〈乾式〉への大転換が行われたような気がしてなりません。

たとえば、むかし私たちが中学生のころには、情熱のある先生が泣きながら生徒を叱《しか》る、などという光景も見られたものでした。いまそんなシーンは、テレビドラマのなかで見られるだけです。

コンピュータを使う、あるいは統計や数字を使うことで、教育の現場まで情報が大きな位置を占めている。〈湿式教育〉から〈乾式教育〉への転換が行われたと考えていい。

医療の現場でもそうです。むかしの医師はいつも聴診器《ちょうしんき》をぶらさげ、背中をさわり、脈をとり、まぶたを裏返しにし、口をあけさせて舌を眺《なが》め、体の各部に触《ふ》れたり、さわったり、そのほか、病気の具合だけでなく家庭の事情や、いろんな問題にまで質問をして、その上で診断なり投薬の処方をしたものでした。

いまでは、診察は機械による検査の数字を見るのがまず第一です。医療もまた、〈湿式医療〉から〈乾式医療〉へ移り変わってきたといえるでしょう。

雇用などもそうです。かつての、いったん採用した人間を定年までやとい、退職後も何らかの保障をしたり、途中で亡くなった場合、遺族の面倒を見るといった生涯雇用は、いわば〈湿式雇用〉といえるかもしれません。

最近は人材派遣の会社から人を採用し、景気の変動によって簡単にリストラする、つまり、〈乾式雇用〉が流行です。

乾ききった日本人のこころ

しかし、〈湿式《しっしき》〉から〈乾式《かんしき》〉への転換は、ある意味でやむを得ない時代の流れでもありました。

戦前、私たちは湿度の多いじめじめべたべたした人間関係によって、ずいぶんつらい思いをしてきました。

家族のために身売りする農村の娘たちや、家の借金や弟の学資を稼ぐために紡績工《ぼうせきこう》場《じょう》へ働きに出、そこで病いを得て倒れてしまう〈女工哀史《じょこうあいし》〉などという物語も、そのようなじめじめした家族制度、封建的《ほうけんてき》な主従関係、湿度過剰な社会から生まれてきたものだったといえるでしょう。

敗戦後、私たちはそのような過去に別れを告げ、〈古い上着よ、さようなら〉という歌の文句のように、ひたむきに新しい乾いた社会をめざしました。

触れれば手にカビが生えそうな湿った人間関係や家族制度から離れ、乾いた明るい社会をひたすらめざして走りつづけてきたのです。そのこと自体はまちがっていませんでした。

しかし、ものごとには中庸《ちゅうよう》ということが大事です。仏教では〈我《われ》ありて、彼《かれ》あり〉といいます。深い悲しみを知る人だけが、腹の底から笑うことができるのではないか。絶望の重さ暗さのなかで呻吟《しんぎん》した人が、一条の光に希望と光明を見いだすことができると思うのです。

湿った社会構造から乾いた社会をめざす流れは、私たちの生活環境を一変させました。ユーモアと笑いは、乾いたメディアです。それは湿潤《しつじゅん》で陰惨《いんさん》な社会に爽《さわ》やかな風を送りこみ、気持ちのいい、風通しのいい人間関係をつくるために大きなちからを発揮します。

戦後は、明るさ、笑い、ユーモア、そういった知性の働きを高く評価する一方で、悲しむ、歎《なげ》く、惑《まど》う、絶望する、泣く、などという感情は封建的で、古い遺風《いふう》として軽蔑《けいべつ》され、排除されてきたといっていいでしょう。

本来、車の両輪のように、両方あって成り立つ人間社会が、片方の車輪をはずして坂道を疾走《しっそう》してきたような印象があります。

乾式社会のなかで、そこに暮らす私たちのこころが、しだいしだいにカラカラに乾燥していったとしても、何のふしぎもありません。

以前、福岡県出身の中村哲《てつ》医師が、アフガン（アフガニスタン）の乾ききった荒野に井戸を掘ろう、というメッセージを出されたことがあります。

乾ききったアフガンの大地に清冽《せいれつ》なオアシスの水を注ぐ新しい井戸を掘る、このことに共鳴して、ずいぶんたくさんのカンパが集まりました。わずかですが私も協力したひとりです。

しかし、よく考えてみますと、アフガンの荒野のように乾ききっているのは、いまの私たち日本人のこころ、なのかもしれません。

カラカラに乾ききって、いのちの重さというものが失われてしまっている。乾いたこころが、いのちの軽さをもたらしているとすれば、いまの日本人の自殺の背後にあるものは乾ききった日本人のこころ、ということになりそうです。

私たちは、アフガンの荒野よりも、もっと乾燥しきって、砂ぼこりが舞い立つような、日本人のいのちの荒野を目の前にしているのです。いまこそそこに井戸を掘らなければ、清冽なオアシスの水を注がなければ、そんなふうに思うのは、私だけでしょうか。

水を注ぐことによって潤《うるお》いとみずみずしいいのちを甦《よみがえ》らせ、そして、いのちの重さを回復する。このことによってしか年間三万数千人という自殺大国から抜け出す道は、なさそうです。

では、その水にあたるものは一体、なんでしょうか。

それは人間の〈情〉というものであり、また、〈悲〉という感覚ではないか、と私はひそかに思ってきました。

〈情〉にしても、〈悲〉にしても、戦後はほとんど顧みられることのなかった感情です。どこか前近代的で、本能的で、古風な感じがする。〈人情〉などという言葉は、前世紀の遺物のようなあつかいさえうけています。

しかし、私は思うのです。いまこそ人間感情のもうひとつの大きなそのちからを、あらためて見つめなおす必要があるのではないか。

古くさいことを言っていると笑われることを承知の上で、このことを考えてみたいと思うのです。

第二章　悲しむことで耐えるこころ

悲しみのさなかでうたった歌

ここで少し自分の話をしたいと思います。

私は父が学校の教師でしたので、戦争中、日本の内地を離れて当時の植民地、朝鮮に移り住みました。物心ついたときは、すでに現在の韓国にいたのです。

しばらく韓国の地方の小さな寒村で暮らし、やがてソウルへ移り、小学校にはいりました。さらに父親の転勤で、現在の北朝鮮のピョンヤン（平壌）に移り、そこで中学一年のとき敗戦を迎えたのです。

父はそのときピョンヤンの師範《しはん》学校の教官をしていました。外地で敗戦を迎えるということがどんなことなのか、当時の私たちにはまったく想像ができませんでした。

そして、敗戦後の混乱のなかで母を失い、父は職場と、自分の信念と、家庭を一挙に失うことになります。妹を背おい、弟の手を引き、茫然自失《ぼうぜんじしつ》している父親とともに官舎を追い出された私たちは、旧満州《まんしゅう》などから南下してきた人びとと一緒に倉庫のようなところで寝起きすることとなりました。

そして一年目がすぎ、二年目の春をむかえても、なぜか引き揚げは開始されませんでした。

発疹《はっしん》チフスが流行し、きのうまで元気だった子供が、きょうは息をしなくなります。食料不足と、夜中に襲ってくるソ連兵。将来への不安。零下二十度をこす寒気のなかで、母国に帰るという希望もなく、私たちは吹き溜《だ》まりのように何とも言えない日々を送っていたのです。

そんな日々のなかで、私たちは大人も子供も、空腹に耐えながら、よく歌をうたいました。戦争中はおおっぴらにうたうことのできなかった歌謡曲や流行歌などを、しきりにうたったものです。

大人たちがうたう古い日本の歌を、私も夢中になって一緒に口ずさみ、日ごと夜ごとうたいつづけました。絶望のどん底で、悲しみのさなかで私たちがうたったのは、どんな歌だったか。

そのことを考えると、ふしぎな気がしてなりません。自分たちのつらい暮らしのなかで、明るい歌、淋《さび》しい気持ちを励ます歌、こころを勇気づける歌、そういう歌は、ほとんどうたうことがなかったように記憶しているのです。

山の淋しい　湖に
一人来たのも　悲しい心
胸の痛みに　耐えかねて
昨日の夢と　焚《た》き捨てる
古い手紙の　うすけむり

（作詞・佐藤惣之助　作曲・服部良一）

などという「湖畔《こはん》の宿」や、淡谷《あわや》のり子の「別れのブルース」（作詞・藤浦洸　作曲・服部良一）、大正時代の「船頭小唄《せんどうこうた》」、そして「影を慕《した》いて」（歌手・藤山一郎）などの感傷的な古賀メロディーの数々。

私たちは悲しみと絶望のどん底にありました。そんな状況でうたった歌が、私たちのこころを励まし勇気づけるような明るい歌ではなく、せつなく悲しみをうったえる歌、そしてマイナーコードでつづられる哀切なメロディーであったことは、なんだかふしぎな気がしてなりません。

やがて内地に帰国したあと、「異国の丘」というシベリアで抑留兵士たちがうたった歌を聴きました。

今日も暮れゆく　異国の丘に
友よつらかろ　せつなかろ
我慢《がまん》だ待ってろ　嵐が過ぎりゃ
帰る日も来る　春が来る

（作詞・増田幸治　作曲・吉田正）

この歌のなかで、「帰る日も来る　春が来る」という希望を持たせる歌詞はありますが、むしろ私たちが共感したのは、「友よつらかろ　せつなかろ」という歌詞でした。そしてそのメロディーは、行進曲のようなリズムにもかかわらず、何とも言えぬ哀調《あいちょう》を帯びた曲調でつくられていたのです。

悲しんでいる人には悲しい歌を

人は悲しいとき、せつないときに、こころを励ます明るい元気のいい歌をどうしてうたわないのか。

そのことをずっと考えつづけていたのですが、あるとき沖縄の版画家の名嘉睦稔《なかぼくねん》さんの書いた本を読んでいるうちに、ふと納得したことがありました。

それは、名嘉さんが仲間たちと一緒に悲しい思いをしている人たちを訪れて、それを慰めようと、元気のいい明るい励ましの歌をうたったときの話です。

そのうたを途中で制して、ひとりがこういったというのです。

「お前はまだ人生がわかっとらん。悲しいときには悲しい歌をうたうものだ。たっぷり泣くと、あとはやめるしかないだろう。ほんとうの慰《なぐさ》めというものは悲しみを共有することなんだよ」

思いがけないことをその人に言われて、名嘉さんはびっくりしたと書いていました。

悲しんでいる人にむかって悲しい歌をうたえとは、なんだか反対の理屈のような気がしないでもありません。

しかし、気をとりなおした名嘉さんたちがそこで悲しい曲を演奏し、悲しい歌をうたったとき、涙しながら聴いている人たちの表情に、何とも言えない安らぎと、あたたかさが生まれたというのです。

そして、同じ悲しみを共有したあとは、みんながとてもなごやかな連帯感に包まれたということでした。

普通に考えると、悲しい人が「船頭小唄《せんどうこうた》」や「籠の鳥《かごのとり》」などをうたえば、悲しみは一層つよまるはずです。

しかし、実際はいつの時代にも、言葉に出せない悲しみを背おった人たちこそが、それらの歌を愛唱したのでした。

そのことからすれば、絶望し、こころの乾きに苛《さいな》まれている人びとにとって、オアシスの水にあたるものが一体、何なのか。

それは必ずしも前向きのメッセージでも、明るい励ましの歌でもないのではないか。

アメリカの作家マーク・トゥエインは、こういったといいます。

「ユーモアの源泉は、哀愁である」

私たちは乾いたこころに水を注ぐ必要がある。乾いたこころに注がれる水とは、喜びや希望や生きがいといった前向きのメッセージだけでなく、むしろ慈悲の〈悲〉にあたるような、そんな感情ではないだろうか。

これまで悲しむことは心身に悪い影響を与えると言われてきました。〈笑うこと〉〈喜ぶこと〉が人間の心身を活性化し、免疫《めんえき》力を高め、自然治癒《ちゆ》力を向上させるというのは、よく言われることです。実際に〈お笑い療法〉などという治療法も行われています。

以前、東北のある医師のかたから、分厚いレポートを送っていただいたことがありました。病院の患者さんたちへさまざまな形の〈喜び療法〉〈プラス療法〉を行うことで、どのように病状が好転したか、という医学的なレポートです。

そのレポートには、落語を聴かせたり、漫才を聴かせたり、あるいは歌をうたってもらったり、そのような作業のなかで、笑いとユーモア、明るい音楽などが大きな治療効果をあげた、と書かれていました。

そして、最後にまとめられていた言葉を読んで、私は正直いって、びっくりしたのです。そこには、こう書かれていました。

「このように笑いと明るさは、人間のこころとからだに良い影響をあたえるということが医学的にはっきりとわかった。だから私たちはこれから患者さんたちに、片時も悲しい思いをさせないよう、そしてさみしさや孤独を感じさせないよう、いつもプラス思考で前向きに励ましていきたいと思う」

レポートはそう結ばれていたのです。喜ぶことや笑うことはプラスだが、悲しむことや泣くことはマイナスだという、あまりにも明快な判断に、私は戸惑いを抑えることができませんでした。

ほんとうにそうだろうか。

自分たちは、あの戦後の引き揚げの日々のなか、悲しい歌を口ずさむことで、つらい日々を耐え、ようやく生き延びてきたではないか。

人間にとって、プラス思考だけが大事なのであろうか。

人びとの乾いたこころに注ぐ水とは、果たして元気な笑いと明るいメッセージなのだろうか。

悲しみや、憂《うれ》いや、嘆《なげ》きや、泣くことは、人間のこころとからだにとって、それほどマイナスなのだろうか。私は、湧きあがってくる疑問をどうしても抑えることができませんでした。

〈悲泣せよ〉といった親鸞

さて、親鸞《しんらん》といえば、宗派をこえて日本人のこころを捉《とら》えて離さない宗教家です。その言行《げんこう》（言葉と行い）を描いた『歎異抄《たんにしょう》』などは、たくさんの人びとに、ひろく読まれています。

親鸞は十二世紀から十三世紀、鎌倉新仏教のなかで大きな足跡を残した人ですが、『教行信証《きょうぎょうしんしょう》』、『唯信鈔文意《ゆいしんしょうもんい》』その他、いくつもの著書があります。正直いって私にはいささか難しい作品です。

その親鸞が晩年になってたくさんの和讃《わさん》を書いたことはよく知られています。

和讃とは、言うまでもなく歌です。親鸞は和讃に〈やわらぎほめうた〉という言葉を添えています。やさしく親しみやすい型式で、仏を讃《たた》える歌、と考えていいでしょう。

そのなかには聖徳太子を偲《しの》ぶ歌や、さまざまな作品がありますが、七五調で四行の歌詞から成っており、平安中期から鎌倉初期にかけて大流行した〈今様《いまよう》〉という、巷《ちまた》の歌の型式を踏んでいます。今様とは、その時代の流行歌と考えていいでしょう。
その親鸞の和讃集のなかに、こんな作品があります。

釈迦《しやか》如来《にょらい》かくれましまして
二千余年《にせんよねん》になりたまふ
正像《しょうぞう》の二時《にじ》はをはりにき
如来《にょらい》の遺弟《ゆいてい》悲泣《ひきゅう》せよ

（『正像末浄土和讃《しょうぞうまつじょうどわさん》』〈三時讃〉の二）

四行目の〈悲泣せよ〉という言葉に、私は強くこころ惹《ひ》かれるところがありました。いまの時代はもう何とも言えない末世である。人びとよ、悲しんで泣け、と親鸞はうたっているのです。自殺者が七年連続三万人をこえるという何とも言いようのないこの末世に、人びとよ、〈悲泣せよ〉という言葉は、深い感動を与えずにおきません。悲しむこと、泣くこと、そこにどういう意味があるのか。このことをあらためてすこし考えてみたいと思います。

励ましと慰め

先日、京都のお寺の前を通りかかって、外国人の観光客にガイドさんが英語で説明をしている現場に遭遇《そうぐう》しました。とても流暢《りゅうちょう》な英語で、外国人の観光客たちもうなずきながら聞いています。

ガイドさんは、こういうことを言っていました。

「仏教というのは、智慧《ちえ》と慈悲《じひ》の教えです」

このなかでガイドさんが、一緒にいた日本人のお客さんたちにもわかるように最初は日本語で〈智慧と慈悲〉を説明し、そのあと英語でもういちど翻訳したのですが、慈悲にあたる言葉をＬｏｖｅ《ラブ》と訳していて、外国人の観光客たちにも、その説明はとてもよくわかったようでした。

しかし、ふと思ったのです。慈悲という言葉を〈ラブ〉と、ひとことで言ってしまって、果たして〈慈悲〉のニュアンスが充分に伝わるのだろうか。

慈悲というのは、もともとは〈慈〉と〈悲〉との二つを合わせたものです。

インドでは〈慈〉のことを、サンスクリットの言葉で〈マイトリー〉といったそうです。〈マイトリー〉は背後に〈ミトゥラ〉（朋友《ほうゆう》・仲間）という語感のある言葉だそうで、一九六〇年代のアメリカで黒人差別の撤廃を求めた公民権運動《こうみんけんうんどう》が盛りあがっていたころ、黒人同士がお互いに〈ブラザー〉と呼びあっていたことを連想させる表現です。人間はみな家族である、きょうだいであるという思想が背景に流れているのでしょう。

ですから、それを〈ラブ〉と訳してもいいし、また〈ヒューマニズム〉と訳してもいい。〈フレンドシップ〉と訳してもまちがいではないでしょう。

このように〈慈〉という言葉は、どこか明るく近代的です。ヒューマンな印象があります。誰にでもよくわかる言葉にちがいありません。

しかし私は以前から、もうひとつの〈悲〉という字に、こころ惹かれるところがありました。

一体、〈悲〉とは何なのか。なぜ〈喜〉でなく〈悲〉なのか。

以前に教わったところでは、〈悲〉のことを、古いインドで〈カルナー〉と言ったのだそうです。辞書を引きますと、カルナーとは、

〈思わず知らず洩《も》れ出すため息、うめき声のような感情である〉

などと説明されています。なるほど、と思うのですが、いまひとつよく理解できません。

それに、どこか近代的で明るい感じのする〈慈〉に比べると、こちらの〈悲〉のほうは、なんとなく暗い印象があります。古くさく、さびしい感じもしないではありません。

簡単にたとえていえば、〈慈〉は、〈励《はげ》まし〉という言葉に置きかえることができるのかもしれない。それに対して〈悲〉は、〈慰《なぐさ》め〉という雰囲気がある。この〈励まし〉に比べて〈慰め〉には、どことなく弱々しい感じもしますし、前近代的な印象もある。

さらに単純化していえば、〈慈〉は、〈頑張《がんば》れ〉という言葉にあたるのかもしれない。これに対して〈悲〉は、〈もう頑張らなくてもよい〉というふうにも聞こえます。〈慈〉がプラス思考で、〈悲〉がマイナス思考のような印象がどこかにありました。

しかし、ずっとそのことを考えつづけているうちに、〈悲〉という言葉の大事さというものが、じわじわと理屈でなく自分のこころに滲《し》みるように、わかってきたのです。

阪神淡路大震災のときのことですが、地震で一人娘を失い、避難した小学校の講堂で悲嘆にくれている若い母親のところに、テレビ局の若い女性リポーターが取材にきたシーンを見ました。

「いまのお気持ちは？」

などと聞いた上で、最後に、その若い女性リポーターは、

「がんばってくださいね！」

と、励ますように言って、その場を離れていきました。一緒に見ていた知人がそのときこう言ったのが記憶に残っています。

「よく言うよ、ああいう人にむかって、がんばれだなんて。もしもあの母親がリポーターにむかって、キッとなって、あなた、がんばれと私におっしゃいますが、いまここで私ががんばったら、娘のいのちは還《かえ》ってくるんですか？　と詰問《きつもん》でもしたら、彼女は一体、何と答えるつもりだったんだろうね」

たしかにその通りです。自分ひとりががんばったところでどうにもならないときが人間にはあるのです。

〈がんばれ〉と言われて、こころがシラけるときもある。ますますつらくなることも

ある。

〈がんばれ〉という励ましは、たしかに役に立つ言葉です。まだ立ちあがろうという意志と、起きあがる気力の残っている人に対しては、とても大きなちからを発揮《はっき》するにちがいありません。

もし、道端に坐《すわ》りこんで歩けなくなっている人がいるとき、その人にむかって手を差し出して、

「さあ、がんばりましょう。この手につかまりなさい。もう少し歩けば、あの先に船が待っていますよ。そこまで一緒に支えあって歩いていこうじゃありませんか。だいじょうぶですよ。さあ、立ちあがって！」

と、励まされたとしたら、坐りこんでいた人もよろよろと立ちあがり、その人に支えられ、船まで歩いていけたかもしれません。

立ちあがろうと思いながらも、立ちあがるきっかけが見つからない人にとっては、〈がんばれ〉という言葉は、じつにちからづよく、ありがたいものだと思います。

しかし、そうでない人もいる。いちいち例はあげませんが、私たちのまわりにそういうケースはしばしば見られるのです。そのような人にむかって、人はどうすること

ができるのか。

そばに坐ってその人の顔を見つめ、その人の手の上に自分の手を重ね、ただ黙って一緒に涙をこぼしているだけ。それくらいしかできません。そして、そういうこともまた大事なことだと思うのです。

以前『うらやましい死にかた』（文藝春秋）という本をつくったとき、編集者から「参考までに」と一冊の文庫本を渡されました。青木新門《あおきしんもん》さんの『納棺夫日記《のうかんふにっき》 増補改訂版』（文春文庫、一九九六年）です。著者の青木さんは詩人でもありますが、仕事で十年間に二千体の遺体を送られたかたで、そこに描かれた死の風景は実に感動的でした。その中にこういう一節があったことをおぼえています。

〈末期患者には、激励は酷で、善意は悲しい、説法も言葉もいらない。きれいな青空のような瞳《ひとみ》をした、すきとおった風のような人が、側にいるだけでいい〉

深く人びとの死にかかわった青木さんの言葉には、強い説得力がありました。

英語にコンパッション、という言葉があります。他人の苦しみを自分のことのように感じるということでしょうか。共感、共苦、という言葉もあります。悲（カルナー）とは、そのような感情だと思うのです。

何も言わない、黙っている、ただうなずきながら相手の言葉を聞くだけ。そして一緒に大きなため息をつき、どうすることもできないおのれの無力さに思わず深いうめき声を発する。そういう無言の感情が、カルナー（悲）というものではないか。

人は〈慈〉によって励まされると同じように、また〈悲〉によって慰められるものである、と私はいつからか思うようになったのです。

第三章

励ましから慰めへ

泣かなくなった日本人

有名な話ですが、民俗学者の柳田國男《やなぎたくにお》は、昭和十五年、のちに「涕泣史談《ていきゅうしだん》」と題されて活字になった講演をしています。日本人の〈泣く〉ということについての考察です。

彼は、当時の世相を眺めまわして、最近の日本人はあまり泣かなくなったな、と感じます。近年、めっきり泣かなくなったのはどういうことだろう。そしてそれは果たして良いことであろうか。そこで日本人が泣くということについての考察を進めるのですが、彼がいちばん言いたかったのは、

「日本人が泣かなくなったのは果たして良いことであろうか」

ということではないかと思うのです。

昭和十五年といえば日中戦争はすでにはじまっていますし、翌年の暮れには真珠湾《しんじゅわん》攻撃《こうげき》があり、日本が第二次世界大戦に突入していく前年です。戦時下の日本人が眉《まゆ》をつりあげ、顔を硬直させ、〈泣く〉などという女々《めめ》しい行為から遠ざかっていたことは、想像にかたくありません。

しかし、かつての日本人はよく泣いたものであった、と柳田國男は言います。

私たちにしても、家族を失って悲嘆《ひたん》にくれている遺族の前で、ながながと立派なあいさつなどできません。「このたびは……」といって、あとは声を呑《の》みこむ。周りの人や遺族の悲しみに、ついこちらも胸がふさがり、目頭《めがしら》を押さえる。そのことで充分に遺族には、こちらの気持ちが伝わるのではないか、と思うのです。

「気を落とさずに、がんばって、前向きに生きてください」

などという立派な激励の言葉などは、そこでは要らないのです。

しかし、考えてみますと、すでに昭和十五年のころから日本人は、泣くとか悲しむということをあまり大切にしなくなったのではないでしょうか。

そして戦後は経済大国と技術立国をめざし、強さ、明るさ、前向き、元気さ、プラス思考、そういうものを、ひたすらに追求して走りつづけた六十年間でした。そういうなかで、人びとの悲しみや、嘆《なげ》きや、絶望や、憂《うれ》いや、あるいは人間の情といったものが毛嫌いされ、排除されていったことは当然かもしれません。

そして〈悲〉の失われた社会は、みごとに湿式《しっしき》から乾式《かんしき》へと転換をしました。泣くとか、悲しむとか、涙を流すといったことは浪花節《なにわぶし》的、歌謡曲的、演歌的、義理人情の世界として排除され、笑いとユーモアと明るさがプラス思考として正面に押し出されてきたのです。

しかし、そのような湿式社会から乾式社会への一方的な転換のなかで、いま、あらためて失われてきたものの大きさを感ぜずにはいられません。

私たちのこころのなかから、そして社会から、水分が失われていき、カラカラに乾いたこころと乾ききった人間関係とが、自然につくりあげられてきたのではないでしょうか。

乾いたこころは、軽いいのちと結びつく。そこに、もしオアシスの清冽《せいれつ》な水を注ぐ必要があるとすれば、その水のひとつが、たとえば〈悲〉という感情ではなかろうか、と私は思います。

また、〈情〉という言葉も思い出す必要がありそうです。

人間には、喜ぶことと悲しむこと、その両方が大事と、ひそかに思いつづけてきました。車の両輪のように、深く悲しむことのできる人間こそが、ほんとうに笑うことができるのではないか。絶望の重さを知る者だけが、希望の光を感じることができるのではないか。

いま、戦後六十年のあいだに一方へ傾きすぎた時代を、どうすれば均衡《きんこう》のとれた人間的な社会にもどすことができるのか。その答えは、私たちひとりひとりのこころのなかにありそうです。

〈慈〉の精神

ここでちょっと〈慈〉という言葉がどのようにして生まれてきたのか、ということを想像してみましょう。

どこの国でもそうでしょうが、古代のインドでも最初に人間が暮らすのは、家族単位のグループからはじまったはずです。

男と女が一緒に暮らし、そして子供が生まれて家族ができる。やがて枝分かれして親族ができ、その一族が集落をつくってグループで暮らすようになる。私は九州の山村の出身ですが、村によってはほとんど同じ名字の家ばかりという集落もありました。そういったところで、人びとのこころの絆《きずな》、生きかたをつなぐ根のところにあるものは、血縁《けつえん》関係です。

何かもめごとがあっても、同じ血のつながった一族だから、ということで連帯の感情が生まれ、そのことによって問題は解決します。

人間はどこでも最初はそんなふうに血縁につながる人びとが、同じ血につながる一族という絆によって結ばれてきたはずです。

しかし、やがて集団の規模が大きくなっていきます。生産様式も変化してきます。また、交易《こうえき》がはじまり、多くの人びとが集まって住むようになります。海に開かれた河口には、何万何十万という人びとが集まって大都市が誕生します。

そうなってきますと、そこで住む人びとは必ずしも血のつながった一族だけではありません。インドなどでは、いまでもじつにさまざまな言語と、多様な人種が入り組んで社会を構成しています。言葉もちがう。風俗習慣もちがう。そして信仰もちがう。

そういう人びとが、ひとつの都市というなかで共同生活をしていくためには、やはりその人びと全体の絆となる精神的な何かが必要です。家族関係や血のつながりをこえた精神的な絆。

そこでおのずと生まれてくるのが、人間同士は血がつながっていなくても、民族がちがっても、家族であり、きょうだいである、といった考えかたです。

たとえば、自分の家の前で子供がころんでケガをして泣いていたとします。それが親戚《しんせき》の子供であれば大急ぎで飛んでいって手あてをするが、他人の子供であれば、ほったらかしにしておく、というようなことはできません。人間はみな家族であり、きょうだいであるといった、そのような血縁をこえる精神的な絆というものが、たくさんの人びとが一緒に暮らす都市には、どうしても必要なのです。

そういうなかで、おのずから生まれてくるのが、いわば普遍的《ふへんてき》でヒューマンな精神といっていいでしょう。

〈マイトリー〉、すなわち〈慈〉という精神も、そんなふうにして生まれてきたのではないでしょうか。

ですから、〈慈〉という感情は、現代人の私たちにも非常にわかりやすいのです。明るく前向きで、しかもどこかヒューマニスティックな気高《けだか》さも秘めている。〈ラブ〉という言葉でそれが表現されても、それほど大きな違和感はありません。

励ましの〈慈〉と慰めの〈悲〉

ところが一方、〈悲〉という言葉は、〈慈〉のようにすっきりと理解できるものではなさそうです。

以前、こんな話を聞いたことがありました。罪を犯して刑に服することになった若い青年のところへ、その両親が面会にやって来ました。父親はとても立派な人で、息子にむかって愛情をこめてこう言ったといいます。

「自分の犯した罪の大きさを自覚して、しっかりとそれを償《つぐな》うために懺悔《ざんげ》の毎日を送りなさい。私たちはいつかきみが社会にもどってくる日を、どんなことがあっても待ちつづけているよ。そして、きみが社会にもどってきたならば、そのあとの人生を私たちと一緒に、自分の犯した罪を償うために捧《ささ》げていこうじゃないか。私たち二人はきみと一緒にどこまでも歩いていくつもりだ。だから、がんばって、しっかり生きなさい」

とても頼もしい父親です。その父親の言葉は、罪を犯した青年のくじけそうになる気持ちをつよく励ましたにちがいありません。

「自分たちはいつまでもきみを待っているよ」という言葉に励まされ、その青年は、それからの日々を耐えることができるのではないかと思います。

しかし、そのとき青年の母親のほうは、どうであったか。彼女は何も言わずに、息子の顔をみつめて、ただぽろぽろと涙をこぼすだけだったそうです。ひとことも発せず、ただ泣いている。そういう母親の姿は、ちょっと考えれば無力に見えないこともありません。青年のこころを励ますちからになっただろうか、と疑う人もいるでしょう。

しかし私は、そうではないと思います。そのときの母親の涙には、

「もしもお前が地獄に落ちていくのなら、自分も一緒についていくよ」

というような無言の深い感情がこもっていたにちがいありません。

そして、立派な励ましの言葉もいわず、ただぽろぽろと涙を流して、じっと息子の顔を見つめている母親のまなざしに、その青年はたしかに、こころの深いところへ流れこんでくるつよい愛情を感じたのではないでしょうか。

むかしは、〈慈〉という言葉の下に〈父〉という字を付けて〈慈父《じふ》〉という言葉がありました。きびしいけれど頼もしい父親の愛情、といった意味でしょう。

それに対して、〈悲〉という言葉の下に〈母〉という言葉を付けて、悲母《ひぼ》とか悲母《ひも》とか読んだものです。

〈悲母観音〉という言葉もあります。

〈慈〉と〈悲〉。〈励まし〉と〈慰め〉。たしかに、慈のほうが颯爽《さっそう》として、明るく頼もしく思えます。

しかし、いま、私たちのこころにいちばん染み通ってくるのは、元気のいい励ましの言葉だけではなさそうです。むしろ、私たちの悲しみにシンクロし、共鳴し、ともにその悲しみを共感《きょうかん》、共苦《きょうく》してくれる人間くさい感情こそ、いまいちばん求められているものではないでしょうか。

私の子供のころの体験談ですが、小学校にあがる前、ジャングルジムとか鉄棒などで遊んでいて、時どき落ちたりして、ケガをして泣いて家へ帰ったことがありました。

そんなとき、剣道の有段者だった父親は、いきなり大声で、私を叱《しか》りつけたものです。

「痛くない！　痛くない！　なんだ、そのくらいの傷なんて！　泣くな！　そんなことじゃ立派な軍人になれんぞ！」

父親から大声でそう言われると、ふしぎに、うん、痛くない、と、自然に泣き止んだものでした。

一方、母親は、色白でふっくらした、オルガンの上手な小学校の教師でしたが、私が血を流しながら泣いて帰ってきたりすると、両腕のなかに抱きしめて、頬《ほお》ずりしながら、

「ああ、痛いね、痛いね。痛いよ。痛いよう」

と、指先をその傷口にあて、優しく体を揺《ゆ》すってくれたものです。そして自分も痛そうに眉《まゆ》をひそめて、じっとみつめてくれるのです。そうしますと、自分も同じ痛みを感じているような母親の表情に、こちらもふっと気持ちが軽くなって痛みが消え、思わず泣き止んだものでした。

このことを考えてみますと、「痛くない!」と励ます父親の声は、〈慈〉につながるのではないでしょうか。

そして、「痛いね、痛いね」と眉をひそめてくれる母親の優しさが、〈悲〉という感情にあたるのではないかと思います。

両方とも大事なのです。〈慈〉と〈悲〉には、そんなふうに対照的なところがあり

ます。しかしヒューマンで明るい感じをもつ近代的な〈慈〉に対して、一方、〈悲〉はどこか古風で前近代的で、時としてウェットで暗い感じを与えます。

そして戦中戦後を通じて〈悲〉の世界は絶えず抑圧されてきたと言ってもいい。しかし、いま私たちが生きている時代は、これ以上モノを豊かにし国の経済力を高めさえすればいいという時代ではないのです。

人間が、生きていることをつらいと思う、そして多くの人びとが自らのいのちを軽いと感じている、そういうとき、ほんとうに必要なのは無言で相手の痛みを感じ、深いため息をつく〈悲〉の感情ではないでしょうか。

以前、本で読んだことですが、ドイツには〈ひとりで喜ぶよりも、ふたりで喜べば、喜びが二倍になる〉という諺《ことわざ》があるのだそうです。これはとてもいい言葉だと思います。それを裏返せば、〈ふたりで苦しめば、苦しみが二分の一になる〉こともありうるのではないでしょうか。たとえ二分の一にならなくても、多少はちがうと思うのです。

ロシアの作家ドストエフスキーは、これからの人間にとって大切なものは〈共感共苦《きょうかんきょうく》〉という感情だ、と言いました。この〈共に感じ共に苦しむ〉という感情こそ新しいヒューマニズムを支えるもので、しかもそれは、とりもなおさず〈悲〉と同じ土台に立つものではないかと私は思います。

〈悲〉は、相手の孤独な部屋に閉ざされた痛みや悩みや苦しみ、それが自分の苦しみのようにひしひしとわが身に迫ってきて、そのために言葉も出ず、相手を助けられないおのれの無力さに、思わずうめき声を発して深いため息をつくしかない感情です。しかし、自分だけの孤独な部屋に閉ざされた痛みや悩みや苦しみを誰かが感じてくれていると知ることで、かならずその人のこころの痛みは幾分か軽くなるのではないかと思います。

「この痛みは誰にもわかってもらえない、自分ひとりで抱えていくしかない、というふうに考えるとき、悩みや苦しみは二倍にも三倍にもなる」

亡くなった遠藤周作さんの書いておられたことですが、それは私も同感です。誰にもわかってもらえない自分だけのこころの苦しみを受け止めてくれる人がいる。それに深いため息をついてくれる人がいる、涙を流してくれる人がいる、こう感じたとき、孤立した人間の地獄のような苦しみは必ず、すこしは軽くなっていくにちがいありません。

〈慈〉の時代から〈悲〉の時代へ

仏教には〈与楽抜苦《よらくばつく》〉という古い言葉がありました。〈与楽〉は、人に希望を与える、喜びを与える、安らぎを与えるという意味で、〈励まし〉に相当します。ある意味では〈がんばれ〉という言葉でもあります。

これに対して〈抜苦〉という言葉は、人の痛みをやわらげる、悲しみを癒《いや》す、共に苦しむという意味で、いわば〈悲〉という世界に重なりあうものです。

いまの時代に生きている私たちは、少年でも老人でも、男性でも女性でも、どんな仕事についている人でも、みんな大きな悩みや悲しみを抱えています。自分でそれと意識しなくても何かがこころのなかにある。その思いを〈与楽抜苦〉という感情で癒されることは、とても心強いものです。

しかし、これまで私たちは、〈励まし〉〈がんばれ〉にあたる〈慈〉のほうにだけ、目が向いていたのではないでしょうか。そして、どこか古風で前近代的な、どろどろした本能的なものがひそんでいる、そういう〈悲〉の世界を無意識に敬遠してきたように思います。

古い記憶なのではっきりおぼえていませんが、柳田國男《やなぎたくにお》にこんな言葉があったと思います。「小説というのは、自分の庭に花を植えて道を通る人にやるのと同じ」という意味のことを述べて、それを柳田國男は「慰藉《いしゃ》する文芸」と呼んでいました。フィクションも人のこころをアミューザンするものが大切である、といった意味の発言もあったはずです。

慰藉する気持ち、慰める気持ち、そのような感情は、これまでどちらかといえば、うしろむきの古い思想のように扱われてきました。

偉大な劇作家であったブレヒトは「異化《いか》作用」ということをとなえています。常識にまみれ眠りこけている私たちの小市民的な意識に鋭いショックと違和感を与えることで、その古い眠りから覚めさせ、新しい世界に触れさせようということでしょう。このブレヒトの思想は現代人に大きな影響をもたらしました。

しかし、いま時代は「異化作用」よりもむしろ「同化作用」のほうに向いているのではないかと私は感ずることがあります。「異化」という言葉には、遅れた意識、眠りこんでいる古い意識に新鮮な風を注ごうという、そのような啓蒙《けいもう》的な〈慈〉の感情が脈打っています。これから先もそれは大事なことにちがいありません。

しかし、それと同時に私は、痛みを感じている人、苦しみを感じている人、その人たちと同じ高さの目線で、その痛みを自分のことのように感じ、そして、言葉を尽くして説得するというのではなく、ただ黙って無言のうちにその痛みや苦しみに同調《シンクロ》する〈悲〉という感情こそいま大事なものではないか、と思っているのです。

〈慈〉の時代から、〈悲〉の時代へ。そんな世界がみえてくるような気がしてなりません。

第四章　日本人の宗教感覚

日本に根ざす信仰心

最近、日本のことが余りにも外国に知られていないことに驚くことがあります。しかし、日本のことを知らないのは、外国人だけではありません。日本を知らない日本人がたくさんいるわけで、そういう人たちに、東京以外のところへ行ってごらんなさい、と言いたい気持ちがあるのです。

たとえば、家に仏壇《ぶつだん》があり、「お勤《つと》め」といって、毎日その前に坐《すわ》って念仏《ねんぶつ》を唱えて合掌《がっしょう》している日本人が、二十一世紀に入っても地方にはまだこんなにたくさんいるのだ、ということを知ってほしいと思います。

数年前、ニューヨークでジャーナリストから、仏壇のことをいろいろ質問されました。そこで、私たちが子供のころまでは、どんな日本人の家にも、たいてい仏壇、ま

「皆さんが週に一回、教会へ行かれるところを、日本人は毎日、しかも自分の家のなかに、そういう小さな祈りの場を持って頭をさげていたのです」

と、写真を見せて説明しました。

アメリカ人にとって、一般的な日本人のイメージは、現在も残念ながらエコノミック・アニマルであり、テクノロジーに長《た》けている民族、というものでしょう。ですから私の説明は相当ショックだったようです。

また、日本映画に出てくる仏壇のある民家のたたずまいを見て、「暮らしぶりがとても美的だ」と驚いていました。「あれは特別なミュージアムか?」と聞かれたので、そうではなく、戦災で焼けなかったかつての日本の家はああいうものだった、地方へ行けばまだたくさん残っている、と答えたのです。

私は二十代の後半に「家の光」という農村雑誌のフリーのライターをやっていました。そのため、地方の農村を取材して歩く機会が多く、小説を書くにあたっても非常にプラスになりましたし、そのことはいまも感謝しています。

日本のジャーナリズムは、都会の表層だけを扱っているので、このように地方で現在も根強く生きつづけている日本人の信仰心というものを、ほとんど無視しているかのように思えます。それは、信仰というほど大げさなものでなく、生活のなかに習慣化しているような大切な魂《たましい》と言ってもいいのかもしれません。私が「和魂洋才《わこんようさい》」の「和魂」と言っているものは、そういうものなのです。

日本の現在の大都会の姿だけを見て、ジャーナリズムは、日本人にはそういう和魂がない、大事な精神的価値観を持っていない、と言う。そのため、そういう見方が世界にひろがっているばかりか、日本人自身もそういうふうに見ている人が余りに多い。じつは、私たち「日本人自身が日本を知らない」のではないか。

日本人の生活のなかに根づいている深い信仰というものを、われわれはいまこそ、もう一度きちんと見なおすべきでしょう。それが仏教であれ神道《しんとう》であれ、道教《どうきょう》、儒教《じゅきょう》、民俗信仰であれ、なにか和魂のようなもの、自己のアイデンティティーを持っていないと、私たち日本人はこれからの国際社会では生き残っていけないのではないか。私はそう感じています。

日本人は「アイデンティティー」という言葉を、会社の身分証明というふうに考え、「あなたのアイデンティティーは？」と聞かれると、「〇〇の社員です」と企業名で答えることが多い。

しかし、本来は、「私はブディストです」とか「私はモスリムです」と答えるのが、その人にとってのアイデンティティーのはずです。つまり、基本的にアイデンティティーとは魂の帰属する場所ですが、それがいま、日本人にとっては、いちばん曖昧《あいまい》になっているのではないか。

経済的に世界の国々の仲間入りをすることは可能でも、人間としてきちんと受け入れられるためには、日本人はいまこそ、自分の真のアイデンティティーを自覚する必要があるのではないかと感じられるのです。

見えざる大きなものへの畏怖

欧米の資本主義の根本にある自由主義、自由競争の背後には、「見えざる神の御手《みて》」という宗教的な思想が存在しているというのはよく言われることです。市場が弱肉《じやくにく》強食《きようしよく》の修羅《しゆら》の巷《ちまた》になろうとしたときには、かならず神が救ってくれる、という信頼感を欧米社会が共有しているからこそ、自由競争、市場主義が成立するのでしょう。

また、言い古された言葉ですが、近代の資本主義の背後にはプロテスタント的倫理《りんり》観《かん》があると言われます。これは、神の意志を尊重し、多くを社会に還元するならば、経済活動を旺盛《おうせい》にすること、つまり、多く稼《かせ》ぐことや、多くをたくわえることは、決してやましいことではない、という考えかたです。

ですから、たとえ一見残酷非道《ざんこくひどう》に見えるようなリストラをやり、鬼のようなハードな合理化を進めたとしても、欧米の経営者には、これは自分が神に与えられた自分のミッション（使命）だ、という自信があり、うしろめたさというものはないと思うのです。

ニューヨークで、「他力」という言葉を英語では何と言うだろうかと聞いてみましたが、「サムシング・グレートを感じる姿勢」かもしれない、と言っていました。要するに、見えざる大きなものへの畏怖《いふ》の感情、あるいは敬虔《けいけん》な姿勢、ということだと思います。

この世界は、目に見える世界と目に見えない世界との二つで成り立っている。目に見えない世界の存在を信じるか、信じないか。目に見えるものと見えないものとをあわせて信じる人は、体のなかに響きあう二つの対立するちからを持っている。

一方、目に見えるものしか信じない人は、半分、いや十分の一しかちからを持っていないかもしれません。

そういう意味で、もともと日本人のこころのなかには、特定の宗派には偏《かたよ》らない原宗教的な感覚――朝日にむかって頭をさげ、夕日にむかって合掌《がっしょう》するという大事な感覚もひそんでいるように思えるのです。

それをアニミズムと言って軽蔑《けいべつ》した時代もありました。宗教が成立する前の原始人の自然観だというのです。しかし、アニミズムは、すべての宗教の根源であり、その感覚は非常に大事なものだと私は思っています。

アニミズムは、自然界のあらゆる事物に霊魂《れいこん》が宿《やど》っているという素朴な信仰です。つまりそれは、宗教という言葉を使わなくても、目に見える世界以外の大きな世界の流れを感覚として捉《とら》え、自分は大河のような宇宙の流れのなかで、生命の一環として存在していると自覚することです。

日本人は何千年という歴史のなかで、そういう感覚を深め、日本的な宗教感覚をつくりあげてきました。そのことに、私はいま、思いをめぐらせたいのです。

「私は何者なのか」

日本は前の戦争に敗《ま》けたとき、もう「和魂洋才《わこんようさい》」はだめだ、これからはかつての国家神道や超国家主義や天皇制という「和魂」は入れられないということで、しかたなく「無魂」のまま、やってきました。

いつも言っていることですが、日本の戦後六十年の経済繁栄を支えてきたものは何かと考えると、「無魂洋才《むこんようさい》」だったわけです。

しかし、日常生活だけでなく、経済活動の背景にも、必ず精神的なものが必要です。魂なき才がどこかで転倒するのは、当然の理です。

いま、経済再建が叫ばれていますが、ほんとうに大事なのは、現実の不良債権《さいけん》の問題よりも、むしろ「こころの不良債権」という問題ではないでしょうか。

戦後の日本は、「衣食《いしょく》足りて礼節《れいせつ》を知る」というように、経済的に豊かになれば、道徳や宗教も文化もおのずと成熟してくるだろう、という考えかたでやってきました。

しかし、実際にはそうでなく、衣食と礼節は別もので、衣食だけに一所懸命になった結果、礼節のほうは置き忘れられてきた。それが、目に見えない「こころの不良債権」です。

こころの不良債権、あるいは精神のデフレというものが、これほど広く深く社会全体に浸透している時代は、これまでなかったと思います。

もちろん、経済も再建すべきですが、それと同時に、戦後六十年にわたってわれわれが放棄してきたもの、忘れ去ってきたものをきちんと取りもどす必要がある。その不良債権の処理というのは、車の両輪のように両方ともやっていかなければならないでしょう。

あの戦争の意味は何だったのか、そして日本人とは何かということを、試行錯誤しつつ真剣に考えようとしている人たちは、確実に増えています。

人びとは、戦前の日本人、あるいはもっと昔の日本人が持っていたような精神的な価値観を、とりあえず求めているのかもしれません。

そして、欧米、あるいはイスラム、アラブの国々の人たちとも、胸を張って対等に向きあうことのできる精神的な裏付け、自信を持ちたいと思っているのだと思います。

自分の魂の帰属する場所はどこなのか、自分は何者なのか、と考えたときに、「私は仏教徒です」とか「私の家は神道です」とか、あるいは「私はタオイストです」とか、何でもいいから、はっきりと名乗れるものをきちんと持っていたほうが、「何もない」よりはましではないでしょうか。

「何もない」というのも、考えた末にそう言うのならいいのですが、ぜんぜん考えもしない、ナチュラルに無信仰、というのが現在の日本人のありかたのように思えます。しかし、国際社会では、それでは通用しません。だから「私は何者なのか」ということを、いまあらためて考えてみたいと思うのです。

「情」を排除した戦後日本

日本人はこの何十年というもの、「情」というものを軽蔑《けいべつ》しつづけてきました。情というものはべとべととして、封建的で古くさいものだ、情緒などというものは人間の冷静な判断を妨《さまた》げる、とされてきたのです。

戦後の近代主義の流れのなかでは、「情」よりも「理」というものが大事にされてきた。要するに、人間は冷静で知的で合理的でなければならない。感情的になるのは愚かな人間の証拠ということだったのです。

たしかに、かつての社会の封建制度や家族制度の陰湿なシステムのなかで、どれだけ多くの人たちが義理や人情や家族や社会のために、泣かされてきたかわかりません。

ですから、戦後になって、そういうものから解放されたときに、われわれはものすごい勢いでそういうものを叩《たた》きつぶし、社会にドライヤーの熱風をあてつづけてきました。

じめじめしてカビの生えそうな人間関係から、さわやかで合理的で対等で民主主義に基づいた人間関係をつくりあげようとしてきたのです。その乾いた風は最初、非常に新鮮でした。

そうやって戦後のこの六十年ほど、日本人は乾いた社会をめざしてドライヤーを〝強〟にして走りつづけてきたわけです。そのなかで「情」というのは、浪花節《なにわぶし》的だとか、お涙頂戴《なみだちょうだい》的だとか、さまざまな言葉で軽蔑され、排除されてきました。

しかし、不当に抑圧された「情」に対する民衆の心情的爆発として、時おり「一杯のかけそば」というような話が出てくる。ああいうものが持っている何ともいえない湿り気というものに、われわれが一瞬でもこころに引っかかるものを感じるのは、自分たちがほんとうは大事なものを忘れてしまったのではないか、という不安があるからです。

ただし、ああいう形で見せられると、これはまた耐えられないということで、やがて忘れられていく。戦後は一貫して湿ったもの、そういったものを拒絶してやってきたわけです。

第五章　不安と混乱の先に

現代人は不安の時代を生きている

私は書店などで催すサイン会では併せて短かい読者との対話を行っていますが、その質疑応答の時間のなかで一番多く寄せられる質問のテーマは、自分たちの抱えている不安をどうするか、というものです。

たとえば老後の不安。年配の方だけではなく、若い人も老後に不安を抱えている。「いまのフリーター生活を続けていていいのでしょうか」と若い人から相談されたことがあります。ひところフリーターという言葉がもてはやされました。しかし社会に余裕がなくなると、そういう生きかたも難しくなってくる。フリーターとして何でもやれば食べていける。しかし、そういう生きかたで生涯を終えていいのか。そう不安に感じている若者が少なくないのです。

人はさまざまな不安を抱えています。不景気、失業、政治に対する不信感、犯罪の増加といった社会的・経済的不安。イラク戦争や北朝鮮問題など不穏《ふおん》な国際情勢から感じる戦争不安や安全保障への不安。水や空気、食料など私たちの生活を取り巻く環境への不安。また、健康に対する不安というのも誰もが持っている不安でしょう。サラリーマンの健康保険が三割負担になるなかで、自分の健康というものは自分でしっかり管理しなければならない。質疑応答で、「○○健康法についてどうお考えですか」という質問を受けることがあります。そうした質問も突き詰めれば、健康への不安が根源にあるわけです。

いつも若い女性からたくさんの手紙を頂きますが、驚かされるのは、そのうちの半分くらいは心療内科《しんりょうないか》に通っているという内容の手紙だということです。

昔は「心療内科」という言葉がそれほど頻繁《ひんぱん》に使われませんでした。その代わりに「精神科」とか「神経科」がありましたが、患者側としてはあまり気軽に口にできる言葉ではなかったと思います。「神経科に通っている」と大っぴらにいうのは抵抗がありました。しかし、今、心療内科に通っている女性たちはそれを声をひそめて言うことはありません。まるでエステティックサロンに行ったかのように、「先週心療内科に行ってきたので、今週はずいぶんと楽なんです」と、ごく普通の口調で話します。心療内科で会社の同僚にたまたま会っても「ああ、あなたも来ているの」「私はもう半年前くらいからお世話になっているの」という調子で日常会話が交わされる。

心療内科では患者の話を医師が思う存分聞いてくれるので、一人あたりの診療時間が長くなり、結果、いつも予約一杯で人気レストランのように何週間も先の予約待ちをしている患者がいる状態だそうです。なぜ、それほどまでに心療内科が流行《はや》るのかといえば、やはり不安が根底にあるからであり、不安がもたらす「心の不自由」というものが別段、特殊なものではなくなっているということなのでしょう。

不安は新しい希望への母

誰しも不安から逃れたいと思います。できれば不安など感じないで生きていたいと願う。安心な暮らしを望み、明日を信じて、穏やかな日々を送りたい。

当然のことです。しかし、安心できるのは良いことで、不安を感じるというのは悪いことだと、良し悪しで割り切れるものではないと私は思うのです。

「ああよかった」と胸をなでおろして安心する。心が和らぐ。世界が生き生きと見えてくる。そのためには、まず強い不安の存在が前提となります。デンマークの思想家キルケゴールが「不安は新しい希望への母」と言っているように、不安があればこそ、そこから解放されたときの喜びと安らぎがあるのです。

最近話題になっている「野口整体」の創始者で、日本の東洋医学を代表する野口晴哉《のぐちはるちか》さんは、その著書のなかで「風邪《かぜ》と下痢《げり》は体の大掃除」という説を唱えておられました。体がアンバランスになっているときに、風邪や下痢はバランスをもどすために大事なことであり、風邪をひいたなと思ったら喜ばなければいけない。風邪もひけないようなコチコチの体では救いようがないと言っています。そして、風邪をひき終えてバランスを取りもどしたあとの爽快感《そうかい》はたとえようもない、と。

風邪をひけば私たちは早めに寝るし、下痢をすれば食事を制限します。あるいは頭痛がひどいときにはじっと静かにしている。そうすることで、人間はどれだけ大きな危機を回避できているかわかりません。そう考えると、風邪や下痢の効用は確かにその通りです。

そして、同じように、不安もまた人間の優れた、大事な警報の働きをしているのではないかと思います。不安という警報が鳴らないのは、泥棒が入っても警報機が作動しないのと同じで、非常に困ったことだと思えばいい。要するに、不安というのは人間が本来持っている強い防衛本能の表れなのではないでしょうか。

だから、不安を悪として見て、何とか追放しよう、退治しようとする考えかたはまちがっていると私は考えてきました。不安をたくさん抱えている人は、体に警告を発する優れた警報装置をそれだけ多く持っているのです。自分は、こんなに柔軟でバランスの取れたこころを持っているのだ、とむしろ喜ぶべきなのです。

不安はちからなり、友として生きていく

北陸の金沢に行くと、初秋から秋にかけての時期に「雪吊り《ゆきつ》」という作業が行われます。高い樹木などに支柱を立てて、上から傘《かさ》の骨のようにロープや縄を降ろして枝に巻きつけて支える。毎年、兼六園《けんろくえん》などでピラミッドを思わせるような美しい三角形のデザインが生み出され、アマチュアカメラマンが集まる秋の風物詩になっています。

なぜ雪吊りをするのかといいますと、日本海側に降る雪は北海道などの雪とはちがって強い湿気を帯びているために、重くてベトベトしています。それが松の葉や枝にくっつくとなかなか滑り落ちないのです。

その上にまた雪が降り重なって大変な重さになり、強くて硬い木ほど、積もった雪の重さに耐えかねて枝が折れてしまう。昔、深夜に兼六園を歩いていると、パキーン、パキーンと枝が折れる鋭い音があちこちでしたものでした。それを防ぐために雪吊りをするのです。

雪吊りが必要なのは強い木であり、硬い木です。竹や柳のように柔らかくしなうものは雪吊りはしない。そういう木々は枝に雪が降り積もってある重さになると、ぐにゃっとしなってその雪を自分で滑り落とします。

「しなう」「しなえる」という言葉から、こころ萎《な》えるという言葉の「なえる」が生まれました。つまり「萎える」というのは、こころがしなっている状態のことです。そしてこころがしなっている状態というのは、「不安」の状態です。しなうことによって、曲がることによって、屈することによって、重い荷物をするっと滑り落としてまた元の状態にもどれる。それをくり返していれば、こころ折れずに生きていける。

恐怖を抱えている人のこころは折れてしまうかもしれない。しかし、不安を抱えている人のこころというのは折れません。不安を感じるというのはこころがしなっている状態だと受け止めればいいのです。しなうことによって、重く降り積もる風雪を振り落とせばいいのです。

いまの時代は降り積もる風雪の重みが耐えがたいほどになっている時代です。そうした時代に不安を感じない人がいるとすれば、それこそ病気だというのが私の意見です。不安を抱くのは現代人が健康な証拠。むしろ不安を切り捨てようとか、あるいは精神安定剤でそれを薄めるような方向で努力するのではなく、真正面からそれを受け止めて、その不安とともに生きる。いくらなくそうと思っても不安は永遠になくならないのですから。

私はこの十年間、泣くことや悲しむことといったマイナス思考と言われるもの、絶望することの大切さを語りつづけてきました。語りつづけてきて、いまの時代を象徴する言葉を一つ選ぶとすれば、絶望の時代でもなく、恐怖の時代でもない。やはり漠《ばく》たる不安の時代なのだろうと思います。

すべてに不安を感じる。銀行にお金を預けておいて大丈夫だろうか。老齢年金はもらえるのだろうか。私などは年を取って記憶が薄らいでくるので、アルツハイマーになったらどうしようか、その自覚さえなかったらどうしようかと考えます。本当にありとあらゆる不安の山です。ならば、その不安は生きていくエネルギーだと発想を変える。「不安はちからなり」と考える。不安を糧《かて》に、不安をバネに、不安を友にして生きてゆくのです。

宗教と民族の共存していく時代

歴史にはバイオリズムがあります。たとえば国際連合が生まれたときは、希望の時代でした。国連は新しい国際協調の希望だったのです。しかし、イラク戦争は国連の無力さをさらけだし、いまは、国連は何の役にも立たないのではないか、という不安の時代です。

資本主義にも希望の時代がありました。それが一九二九年の大恐慌《だいきょうこう》で一度崩《くず》れて、また新しく再生した。社会主義の希望の時代は、私たちの学生時代です。ソ連は憧《あこが》れの国であり、フランスの作家アンドレ・ジッドまで「そこに人類の希望がある」とまで礼讃《らいさん》しましたが、東ヨーロッパの民主化、ソ連の崩壊《ほうかい》のころにはもう、不安の時代に突入していました。

いま、ふたたび資本主義がそれに取って代わっていますが、古い家主が出てきたという感じで、世界同時不況の危機や、国内的には銀行の国有化に象徴されるように、資本主義もまた大きな不安を抱えている。いまはやはり経済体制やイデオロギーに対する巨大な不安の時代、と呼んでいいと思います。

歴史というのはこのように希望の時代、倦怠《けんたい》の時代、不安の時代、混乱の時代をくり返してきました。いまは不安の時代ですが、不安の時代が永遠に続くとは思えない。いずれ暴発して、混乱の時代を迎えることになるのでしょう。

国債《こくさい》の利払いができなくなるのか、年金がどうなるのか、医療費負担が何割になるのかわかりませんが、日本経済が破綻《はたん》するのではという不安がはびこっています。そうなれば社会不安が増して、犯罪が激増するでしょうし、同時に、自殺や自己破産が社会的な現象になってくると思います。最近は自己破産者が増えていますが、自己破産というのは経済的な自殺です。

不安の時代の先にある混乱の時代はすぐそこに見えている。そして、ほんとうに大切なことは、混乱の時代のもう一つ先にある何かをみつけることではないでしょうか。維新《いしん》の志士たちは混乱を引き起こすことで、日本の新たな再生の糸口をつかもうとしたのかもしれません。

不安の時代、混乱の時代の先にあるものとは何か。アメリカの国際政治学者、サミュエル・ハンチントンは明快に二十一世紀を「宗教の対立と民族の対立の時代」と割り切ってみせました。

しかし、私はちがうと思うのです。二十一世紀は宗教と民族が共存していく時代だと思います。お互いに歩み寄って、共存を模索《もさく》していかなければ世界はまちがいなく立ち行かなくなる。宗教が寛容《かんよう》さを持ちあわせて、それぞれの神が共存してもいいと考えなければ、民族と宗教の対立はさらに深まっていく。

そうなったときに、非近代的と言われてきた日本の神仏習合《しんぶつしゅうごう》（シンクレティズム）に、もういちど光があたるようになってくるにちがいありません。環境破壊に対する不安から、日本的な自然崇拝（アニミズム）も注目されるようになってくるのではないか、と思います。

日本人の神仏習合や自然崇拝のなかに、二十一世紀の宗教や民族の対立を乗りこえる大きな可能性がある。そして、それは同時に、不安から希望へ、経済から宗教へ、という新しい時代の到来につながるのではないかと思います。

不安の先に

断っておきますが、宗教に帰依《きえ》しても不安は減りません。苦しみは軽くはならない。しかし、何のために自分がどこへ行こうとしているのか、ということだけは見えてくる。

暗闇のなかを重い荷物を背おって断崖《だんがい》を歩いていれば、人は不安になります。いつ崖《がけ》から落ちるかもしれないし、どこまでいけばいいのかわからない。こころまで疲れ切って足どりは重い。

そこへ月の光が差してきて、細い道を照らしてくれた。荷物の重さは変わらない。しかし、足もとが見える。遠く自分の目的地の灯《ひ》が見えるだけでも、足どりは軽くなる。この道をいけばいいんだ、あそこが目的地だ、と思うだけで勇気が湧いてくる。それが宗教のはたらきではないでしょうか。

宗教の功徳《くどく》は、かならずしも病気を治したり、成功したりという、現世利益《げんぜりやく》を与えることだけではない。目に見えない人間の不安というものを、しっかりと後ろから支えてくれる無形の〝ちから〟です。

いま、何も頼れるものがなく不安を感じている人は、もっと不安そのものをしっかりみつめていけばいいと思います。とことん不安になって、一体自分が何に頼れるのか、と考える。そのとき、見えない何かへの信頼感、あるいはそれに対する畏《おそ》れというものがおのずと生まれてくるかもしれないのですから。

それをあえて宗教とは言いません。しかし、そういう感覚を持つことが、ある意味で信仰の芽となる可能性がある。不安の芽を摘むのではなく、不安の芽を育てていく。そうすることによって、もう一つの世界、見えない世界というものに近づくことができるかもしれない、と私は思うようになりました。

現在、私たちが抱えている不安というものは、むしろ新しい価値観を探す大きな入口になるのではないでしょうか。

第六章　「隠れ」と「逃散」

隠れ念仏の里

鹿児島市の中心から車で三十分ほど走ったところに郡山《こおりやま》という所があります。このあたりにはバスが走っているのですが、バス停の標識にふしぎな名前がついている場所があります。

「かくれ念仏洞前《ねんぶつどうまえ》」というのが、そのバス停の名前です。

何年か前に、私はそこで車からおり、鬱蒼《うっそう》と樹々の生い繁る山道を登っていきました。

しばらく歩くと突然、目の前が開け、巨大な岩があらわれます。その岩の下のほうに小さな三角形の裂け目があって、そこには洞穴の入口がぽっかりと開いていました。私が腰を曲げてようやくはいれるくらいの大きさです。そこからはいっていきますと、なかに思いがけない広い空間がありました。

奥のほうには祭壇があります。そして小さな阿弥陀如来像《あみだにょらい》が置かれていました。

その暗い空間のなかにじっと坐《すわ》っていると、地の底から、声にならない人びとの祈りの声が響いてくるような錯覚にとらわれました。

私が訪ねたのは、九州の南部のあちこちにある「隠《かく》れ念仏洞」のひとつです。

「隠れ念仏」といっても、一般のかたがたにはほとんど馴染《なじ》みのない言葉かもしれません。「隠れキリシタン」という言葉は、若い人たちにもよく知られていますが、「隠れ念仏」となると年配のかたたちもあまりご存じない言葉のようです。

むかし南九州の一角で三百年にも及ぶ念仏禁制《ねんぶつきんせい》と宗教弾圧の歴史がありました。そこで多くの人びとが「隠れ念仏」と呼ばれながら、いかに激しい迫害を受け、どれほど命がけで熱い信仰を守ってきたかという歴史は、いまもほとんど知られていないのではないでしょうか。

薩摩《さつま》が念仏弾圧に踏み切ったのは十六世紀末のころです。その少し前、北陸では加《か》賀《が》の一向一揆《いっこういっき》とそれにつづく「百姓ノ持タル国」といわれる宗教共和圏が成立していました。

九州のみならず、どこの大名たちもその当時の念仏門徒の増大に恐怖心を抱いていたのです。

そして島津家では、真宗《しんしゅう》の信仰を持つ念仏門徒たちを厳しく取り締まりました。弾圧を進め、拷問《ごうもん》と処刑を行います。そのさまざまな遺跡が、いまも鹿児島には残っているのです。「花尾《はなお》隠れ念仏洞」と呼ばれる郡山の洞穴もその一つです。

当時「隠れ念仏」の信者たちは、役人に発覚することをおそれ、嵐や雨など悪天候の日を選んで山中の洞穴に仏具《ぶつぐ》をかくしたり、またそこへ集まり、ひそかに法座《ほうざ》を開いていたということです。

この「隠れ念仏の里」は、九州南部の鹿児島県だけではありません。いまの熊本や宮崎にかけてもひろがっています。

薩摩の他に、おとなりの人吉《ひとよし》でも真宗禁制の政策をとっていました。相良《さがら》氏が代々治めてきたこの土地は、現在の熊本県人吉市と球磨《くま》郡のあたりです。また日向《ひゅうが》（宮崎）の一部も支配していました。人吉では、薩摩より四十年以上も早く「一向宗禁止」を打ち出していました。

加賀の一向一揆の情報は、南九州にも刻々と伝えられていたはずです。そのため、

「真宗念仏門徒は恐ろしい集団だ」と当時の大名たちは考えたにちがいありません。

人吉の「隠れ念仏」の殉教者《じゅんきょうしゃ》として有名なのが、山田村の伝助《でんすけ》という人物です。彼はふだん農業に従事しながら、熱心に伝道布教を行う「半俗半僧《はんぞくはんそう》」の身でした。そして「隠れ念仏」の地下組織のオルガナイザーも務めていたのです。

その伝助は、密告され、捕らえられて拷問を受け、転向を迫られましたが、最後まで念仏を棄《す》てず、とうとう打ち首獄門《ごくもん》になって死にました。

伝助だけではありません。その日の食事にも困る貧しい農民たちが自分の信仰を守り、三百年にもわたる弾圧に耐えつづけていたのです。そのことに、私は感動をおぼえずにいられません。日本人の信仰心の熱い鼓動をそこに感じるからです。

命がけで守った信仰

鹿児島市内にある西本願寺鹿児島別院の庭の木立《こだち》のなかに、「涙石」という文字が彫られた石が置かれています。この石の横の案内板には、こう書かれていました。

〈旧薩摩藩時代、島津氏の領内では浄土真宗の教えは厳しく禁じられていて、信者の疑いのあるものは捕らえられて自白を強制されました。この石はそのために用いられたもので、役人たちは信者にこの石を抱かせて自白を迫ったと伝えられています。それで、信者たちの苦しみの涙がそそがれた石という意味で涙石と呼ばれています〉

当時の薩摩藩が信者に行った拷問について、鹿児島大学名誉教授の桃園恵真《ももぞのえしん》氏の『新訂さつまのかくれ念仏』(国書刊行会)には、次のように書かれています。

〈その一例として石抱《いしだ》きというのがあります。これは三角の割木を並べた上に容疑者を正座させ、幅三十センチ、長さ一メートル、厚さ十センチ余、重さにして三十キロの平たい石を、膝《ひざ》の上に一枚二枚三枚とつみかさね、前後にゆらゆらとゆりうごかします。五枚になって石の高さがあごの下に及ぶほどになると、足の骨は砕《くだ》け、悪くすると絶命することもあります。あれほど人権を無視した江戸時代でも、この石抱きの拷問はキリシタンか主殺しの重罪人でなければ行わなかったといわれていますが、薩摩藩では真宗はキリシタンと同様に取締まられたのでありますから、真宗信者という疑いがあると容赦なく石抱きの拷問が行われました。(中略)

また水に浸《ひた》し塩をつけた縄《なわ》で手をしばり、両手を柱にくくりつけます。時間がたつに従って、水で膨張していた縄がかわいてちぢんで手にくい込み、縄につけてあった塩が傷口に沁《し》み込んで、その痛さはとても耐えられるものではなかったといいます。女性の場合はさらに非人道的で、腰の高さに縄を張り、水に浸し塩をつけたその縄の上をまたがせて歩かせる。じっとしていると下役人がつきたおして無理矢理歩かせます〉

捕らえられた者は「念仏を捨てれば、命は助けてやるぞ」と、厳しく転向を迫られました。しかし、そこで拷問の苦痛に耐えかねて転べば、仲間を密告せよと迫られるだけだ。ですから、「隠れ念仏」の信者たちは、死を覚悟して最後まで念仏をとなえ、仲間を守りつつ死んでいきました。こうして、たくさんの殉教者が出たのです。

地を這《は》うようにして暮らし貧しい底辺の生活にあえぐ農民たちの、この精神性の高さに、私は感動せざるをえません。エリート階級の武士たちには武士道を全うするため、死を選ぶ覚悟がありました。しかし名もなき庶民たちが信仰を守って見事に死んでいったことを、私たちは日本の歴史の暗部から知るのです。

近世のキリシタン弾圧のなかで、信仰を棄てずに殉教した「隠れキリシタン」たちの物語はじつに感動的です。

「隠れキリシタン」をテーマにした遠藤周作氏の『沈黙《ちんもく》』は、映画にもなり、外国でも読まれ、「日本人にもこれほど信仰を大事にする民衆がいるのか」と外国人たちを感動させせました。

しかし、同じころに、こうして念仏を信じる真宗門徒のなかにも、その信仰を貫《つらぬ》いて命を失った数多くの殉教者がでています。そしてそれは、ほとんどが貧しい農民であり、庶民大衆に属する人びとでした。

日本の歴史をみれば、支配者同士の権力闘争の記述が多いのですが、自分の魂のよりどころを守って、このように一般の民衆が為政者《いせいしゃ》と真《ま》っ向《こう》から対立したという歴史を私たちは忘れてはならないでしょう。

島津氏は、織田信長と同様に、薩摩藩の領内の真宗門徒を根絶《ねだ》やしにしようとしたはずです。

伊勢長島《いせながしま》の一向一揆以後、「隠れ念仏」の信者への弾圧は、さらに凄《すさ》まじいものになっていきました。

「石抱き」の拷問以外にも、足の親指をくくって逆《さか》さ吊《づ》りにした話や、後ろ手に縛って、頭に一握りの古綿をのせて火をつける、などという話も伝わっています。

また、いまの都城《みやこのじょう》市に関之尾《せきのお》という滝がある。その下の滝壺《たきつぼ》はとても深く、落ちたら死体はあがってこないといわれていますが、その滝壺に念仏門徒を投げこんで、必死で泳ぎあがってくるとまた竹竿《たけざお》でついて沈め、最後には溺死《できし》させるという残酷な処刑もあったそうです。

その薩摩で、ようやく真宗の禁制が解かれたのは、じつに明治九（一八七六）年、九月五日のことでした。

この念仏禁制時代三百年の薩摩に、隠れて信仰を守った真宗門徒がどれくらいいたかを推定すると、一説では十九万とも十七万人ともいわれています。

この数字が正確かどうかは、私にはわかりません。しかし、十数万人の名もなき人びとが、苦しい弾圧時代に命がけで自分の信仰を守りつづけたそのエネルギーには、驚くべきものがあります。

かつての日本人というのは、なんと逞《たくま》しく、エネルギーがあったのだろうと、あらためて驚かざるをえません。

知られざる庶民の歴史

私は、鹿児島をたずねて「隠れ念仏」の系譜を知り、庶民といいますか、名もなき人びとのあいだで、このような精神的伝統が代々受け継がれてきたのは、なんとすごいことだろうと感ぜずにはいられませんでした。

日本の歴史をふり返るとき、私たちはどうしても織田信長から豊臣秀吉、豊臣秀吉から徳川家康というように、為政者の歴史だけを見てしまいがちです。

しかし、どん底の生活のなかで、自分の命を犠牲にして信仰の仲間を守るとか、あくまで信仰を棄《す》てずに殉教するとか、そのような知られざる庶民の歴史もあるのです。

明治維新のころ、とくに薩摩からでた若いヒーローたちが大活躍をしました。私たちはそういうヒーローの颯爽《さっそう》たる姿をみると、思わず感動します。

しかし、そういう華々《はなばな》しい歴史のヒーローたちの背後に、それこそ名も残さず、物語になることもなく、三百年の暗黒のなかを、洞穴にこもって信仰を守りつづけた人びとが存在するのです。

その民衆のエネルギーはいま、どこへ行ったのだろう、と思わずにいられません。

それにしても、十六世紀から十九世紀後半まで、三百年あまりも「隠れ念仏」という信仰の集団があったということは、日本人のこころの歴史の〈記憶〉として、大切に残していかなければならないのではないでしょうか。

かつて、イタリアへ旅行したとき、ローマで有名な「カタコンベ」の跡に案内されたことがありました。

カタコンベというのは古代の地下墓地のことで、二世紀から五世紀まで掘りつづけられ、とくにローマではキリスト教徒が使っていたといわれています。

私が見た遺跡は地下室のようになっていて、ローマ時代にキリスト教徒が迫害《はくがい》されたとき隠れ場として使われたようです。そのころのさまざまな遺物がいまも地下に残っていて、千数百年前の宗教弾圧の歴史を物語っていました。

それらを目にしたとき、初期のキリスト教の信者たちは、ローマ帝国の弾圧の嵐のなかにあって、こんなふうに自分たちの信仰を守りつづけていたのか、すごいものだなあ、と感動せずにはいられませんでした。

九州南部の「隠れ念仏洞」をいくつか訪ねてみて、これは〝日本のカタコンベ〟ではないか、と思ったものです。

かつて薩摩藩領だった鹿児島県や宮崎県の一部には、こういう秘密の洞穴がいまでもたくさんあるようです。史跡として見直され、見学できるようになっているところもありますが、山中に朽《く》ちはて、訪れる人もない洞窟《どうくつ》もまだ無数にあると聞きました。

名もなき人びとのひそかな抵抗

また、薩摩の「隠れ念仏」の人びとのあいだにつたえられている伝承《でんしょう》をひろってみますと、驚くような日本人の姿がうかびあがってきます。

これは、加賀の一向一揆のように、ちからで弾圧に抵抗するというのでなく、一見、消極的ともみえる、ひそかな抵抗でした。

薩摩では、農民に対して「生かさず殺さず」の政策が敷かれていました。そのために考えられたのが、「門割制度《かどわりせいど》」と呼ばれる薩摩藩独自の農民制度です。

ひとつの農村を五軒単位で割って、小さなグループをつくり、それぞれを「門《かど》」と呼び、その門をひとつの村とみなします。

そしてその五軒に連帯責任《れんたいせきにん》を持たせる形で、年貢《ねんぐ》を厳しく取り立てたのです。

しかも、江戸末期、年貢増収《ぞうしゅう》を図ろうとした薩摩藩は、口べらしのために、その

「門」の五軒の夫婦に、子供は男の子だけ三人、という割り当てをしたといいます。五軒で三人ということは、二軒には割り当てがないということです。

そして、女の子は育ててはいけない、というわけです。まさに、これは藩による間《ま》引《び》きの強制でしょう。

東北の貧しい農村では自然発生的に間引きが行われていましたが、薩摩では藩の命令で間引きによる人口制限が行われていたのです。

小学校教諭だった高橋政秋《たかはしまさあき》氏が、宮崎県近辺に残っていた「わらべ歌」を集めたなかに、こういう歌があったそうです。

なんとこの子が　女の子なら
こもに包んで　三つとこ締めて
締めた上をば　文殊《もんじゅ》と書いて
池に棄《す》つれば　文殊の池に
道に棄つれば　文殊の道に
やぶに棄つれば　文殊のやぶに

人が通れば　踏み踏み通る
親が通れば　泣く泣く通る

（『日本わらべ歌全集25　熊本宮崎のわらべ歌』柳原書店より）

九州に伝わる「五木の子守唄」にも何とも言えない哀調がありますが、〝間引きのわらべ歌〞もすごい迫力です。

このわらべ歌のように、多くの子供たちの命が、藩の命令で闇《やみ》から闇へと葬《ほうむ》られていきました。

しかし、そうしたなかで、「隠れ念仏」の門徒の母親たちは、そんな命令に強く抵抗したのでした。

地べたに藁《わら》を敷いて寝るような極貧の生活に耐えながら、

「仏様の命をいただいて生まれてくる子供を殺すことはできない」

といって間引かずに、必死で育てたと伝えられています。

藩の命令に逆らう以上、それはまさに自らの命がけの、女たちの一揆《いっき》にほかなりません。

「逃散」という生き方

そのほかにも農民の抵抗の手段として、「逃散《ちょうさん》」というやりかたがありました。日本の農民史のなかでも、農民の抵抗は、「一揆」か「隠《かく》れ」か、という二つで語られることが多いようです。しかし、これまで歴史のなかであまり語られなかった第三の道が、この「逃散」です。

米村竜治《よねむらりゅうじ》氏によれば、江戸の末期には、農民一揆は「逃散」というかたちをとるようになっていったそうです。それは「欠落《かけおち》」とも呼ばれました。農民たちは、自分たちの生活と信仰を守ることができないと悟《さと》ったとき、自分たちの村を集団で捨てる決意を行動に移したのです。時には一村あげて何千人という集団の逃亡が、何年もかけて計画され、実行されたのでした。藩によってはわざわざ「欠落奉行」とか、「逃散奉行」という役所を作ったほどでした。

米村竜治氏はその著書『無縁と土着――隠れ念仏考』（同朋舎出版）のなかで、こう述べています。

〈百姓たちにとって、逃散の行く先は、所詮《しょせん》、元のくびきと変らぬ貧苦の境界《きょうがい》である。だが同じ地獄世界を生きるにしても、逃げ行く先には、信仰の自由がある。せめてもの望みは、苦境のなかから、苦境のゆえにこそ、浄土へと転出出来る念仏が自由に称《とな》えられることである。当時の愚直《ぐちょく》に生きる農民にとって、死後の浄土を保障してくれる信仰を持つか持たぬかは、自己の命の活殺権《かっさつけん》よりも重い一大事であった。このことは、現代人の感覚からは、到底、理解不能のものである。寛政十年に起った二千八百人の大脱走は、ある面では、信仰の自由を求めての亡命であったと言ってもいい〉

「逃散」は新しい受け入れ場所がえられない場合は、のたれ死にを覚悟の行動でした。ふたたび元の村へもどれば、藩の仕置きが待っています。首謀者は処刑され、女、子供たちは「所替《ところがえ》」といって、さらに条件の悪い土地へと追いやられます。高鍋《たかなべ》藩では逃散者に対して、海賊同様に額《ひたい》に入れ墨をほどこす処置までとったほどでした。

この農民の逃散行為は、為政者にとっては大きな打撃だったにちがいありません。「欠落《かけおち》」が出れば、農地は荒れ、年貢の取り立てはできず、藩の財政に大きな影響をあたえます。

「逃散」は「一揆」とはちがって、一見、消極的にみえる受け身の行動でありながら、大きな力をもった捨て身の生き方でした。

私たちは日本人の歴史のなかに、「隠れ」と「一揆」のほかに、「逃散」という柔軟な行動があったことを九州の農民たちの歴史から教えられるのです。

かつての日本人は、庶民の一人一人にまで生きる勇気とエネルギーがみちみちていたのでした。

第七章

都市に生きる信仰心

「御堂筋」の由来

かなりむかしのことになりますが、大阪でAPEC《エイペック》（アジア太平洋経済協力会議）という会議があったときに、たくさんの外国人のジャーナリストなどが取材のために大阪へ集まってきていました。

たまたま仕事の関係で、私はそのジャーナリストたちと一緒に大阪市内を案内する主催者側のマイクロバスに同乗して、大阪見物をしました。

ちょうど御堂筋《みどうすじ》にさしかかりますと、ガイドさんが巧みな英語で、

「ここはミドウスジといって、東アジア第一の商業センターです。日本の経済活動の中心地です」

と説明していましたが、同乗している外国人記者たちは、ほとんど取り立てた反応

を示しませんでした。

そのとき、ふと、もっとちがう説明があったら、もっと関心を引いたんじゃないかな、と思ったのです。

御堂筋は、「雨の御堂筋」などのヒット曲でも有名ですが、いまは、商社やブランドショップが軒をつらねる華やかな大阪のメインストリートです。銀杏《いちょう》並木のみごとさは、東京の繁華街にも見ることができません。

しかし、御堂筋という言葉を聞いて、その「御堂」という言葉に、いまの人びとは何を連想するのでしょうか。

この御堂筋には、現在も「御堂」と呼ばれる北と南の二つの真宗寺院があります。北御堂は本願寺派の寺院で「津村別院《つむらべついん》」とか「津村御坊《つむらごぼう》」とも呼ばれ、一方の南御堂は大谷派の寺院で「難波別院《なんばべついん》」「難波御坊《なんばごぼう》」とも呼ばれています。

そして、この南北の二つの御堂のあいだを結ぶ道筋ということから、江戸時代にその通りが「御堂筋」と呼ばれるようになったのだそうです。

これは、東京のメインストリートが「銀座」というのとは、かなり印象がちがいます。

銀座とは、いわば貨幣の鋳造《ちゅうぞう》発行所の名前に由来するわけで、まさに「お上《かみ》」「官」の組織にちなんだ名前です。

それに比べて「御堂筋」とは人びとの信仰の場をつなぐ道筋です。その言葉が大阪の街のメインストリートの名前として使われているわけです。

この「御堂筋」という名前は、外国でいえば、たとえば「教会通り」とか、そんな感じなのかもしれません。いわば宗教的な街の名前です。

そういえば、大阪という場所は、町名や橋の名前を見ても、「天王寺《てんのうじ》」からはじまって「藤井寺《ふじいでら》」「大黒橋《だいこくばし》」「戎橋《えびすばし》」というように、いろいろな寺や神様の名前が多く付けられています。

現在の御堂筋は、梅田から難波を結ぶ約四キロメートルの長さで、一般に道幅は約四十三メートル前後とされていますが、大変ひろい道路であることはまちがいありません。

しかし、江戸時代には、淡路街から長堀までの約一・三キロメートル、幅が五・四メートルの細い道筋にすぎなかったといわれています。

かつて、その江戸時代の幅六メートルに満たない細い道筋の「御堂筋」に近江《おうみ》商人や寺内町《じないまち》の商人《あきんど》たちが競って進出していったものでした。

現在も、この「御堂筋」に面して、船場《せんば》や道修町《どしょうまち》など、にぎやかな商業の中心地があります。

船場周辺はどちらかといえば繊維《せんい》産業が中心ですが、道修町のあたりへ行くと一転して、薬品関係の有名な会社が数多く軒をつらねています。

かつて石山本願寺が大阪の中心であったころの寺内町で、その寺内町の専売といってもいいほど特徴的な産業が、繊維と薬品でした。

そのことを考えてみますと、石山本願寺の寺内町の特産品を生み出していた二つの産業が、現在もなお御堂筋に息づいていることになり、生きた歴史を感ぜずにはいられません。

もしも、外国から訪れた外国人ジャーナリストたちにそのことを説明し、なお付け加えて、

「この大阪の基盤となる寺内町をつくったのは、十五世紀の蓮如《れんにょ》という宗教家です。大阪はそのような宗教都市としての起源と発展の歴史を、いまも保ちつづけている街なのです」

と、説明したならば、おそらく彼らも、エコノミック・ジャパンの象徴としての大阪ではなく、またちがった意味での大阪に深い興味をおぼえたかもしれません。

宗教都市、大阪

ここですこし大阪の歴史をふり返ってみましょう。

文献に、「大坂」という文字の地名が登場した最初は、蓮如が明応七（一四九八）年にしたためた「御文章《ごぶんしょう》」あるいは「御《お》文《ふみ》」と呼ばれる書簡体のメッセージのなかだといわれています。

〈摂州《せっしゅう》東成《ひがしなり》郡《のこおり》生玉《いくたま》の庄内《しょうない》大坂《おおざか》といふ在所《ざいしょ》は、往古《おうこ》よりいかなる約束《やくそく》のありけるにや、さんぬる明応第五《めいおうだいご》の秋下旬《あきげじゅん》のころより、かりそめながらこの在所《ざいしょ》をみそめしより、すでにかたのごとく一宇《いちう》の坊舎《ぼうしゃ》を建立《こんりゅう》せしめ、当年《とうねん》ははやすでに三年《さんねん》の星霜《せいそう》をへたりき〉

歴史上、この地域に「大坂」という名前を冠した最初の人は、蓮如だったのですが、それには理由があります。

蓮如の書簡に「坂」という字があてられているのは、実際ここに坂があったからでしょう。いまは「阪」という字を使っており、むかしの「坂」という字は使われていません。

この「坂」という字が、いまの「阪」になったのは、「土に返る」、要するに「死」ということに通じるため、縁起が悪いということで、いつの間にか現在の表記である「大阪」と書かれるようになったのだそうです。それ以前はこの両方が併用されていたという説がもっぱらです。

蓮如は晩年、淀《よど》川を下って堺《さかい》へむかおうとしているとき、船上から現在の上町《うえまち》台地を見あげて、こころに閃《ひらめ》くことがありました。

ここは、川から見あげるようなきり立った台地です。荒涼《こうりよう》として、大きな石がごろごろと転がっていたので、「石山」と呼ばれていたそうです。

蓮如は船を停めてその台地にあがり、ここに小さな坊舎を建てようと決心します。

そして十五世紀末、「石山御坊」といわれる小さな寺がそこに建ちました。

そして、この「大坂御坊」とも呼ばれる寺を中心にして、その周辺がしだいに整備されていき、やがて「寺内町」というものが形成されていきます。

寺内町は、ジナイチョウと一般に呼びますが、私は、ジナイマチと呼ぶほうが好きです。それは城下町《じょうかまち》とか門前町《もんぜんまち》とか、それと対応する町が今も多くあるからです。

寺を中心とする街が大きくなっていくにつれて、さまざまな施設がつくられていきました。

寺の僧侶《そうりょ》たち、そこへ出入りする仏具師たち、あるいは寺の修理や建築を行う大工たち、大工たちの金具をつくる鍛冶《かじ》屋たち、石垣を積む石工《いしく》たち、庭園を整備する庭師たち……というふうに、まず寺に関する仕事をするさまざまな人たちが、その場に集まってきたのです。

やがて、全国から熱心な門徒が大勢押しかけてくるようになりますと、彼らが宿泊する施設、「多屋」（または「他屋」）と呼ばれるホテルのようなものが建つようになります。

門徒たちは、自分たちの故郷からたくさんの特産物を持ってきます。それを寺に志《こころざし》として納めたり、お互いに物々交換《ぶつぶつこうかん》したりするようになります。

そこでマーケットができ、やがて飲食店ができ、土産《みやげ》物を売る店などもできてきます。

こういうことで、「大坂御坊」と呼ばれた小さな町はどんどん大きくなり、そしてそこにひとつの街（都市）、巨大な「寺内町」が形成されていったのでした。

やがて、京都の山科《やましな》本願寺が焼き討ちにあったあと、この石山の御坊に本山が移されることになり、そのときから大坂の石山御坊は「石山本願寺」と呼ばれるようになりました。

この石山本願寺は別名「石山城」と呼ばれるほど防御《ぼうぎょ》が堅固《けんご》でした。寺内町を土台として、威容《いよう》を誇る一大都市として大坂は発展していったのです。

「寺内町」から「城下町」へ

その大坂に目を付けたのが、織田信長《おだのぶなが》でした。

織田信長は、何とでもしてこの大坂を手に入れたかったにちがいありません。

信長は大軍を率いて再三再四、石山を攻めたのですが、なかなか本願寺は落ちませんでした。

諸国からはせ参じてくる門徒のさまざまな抵抗にあい、戦いは長期化します。

その後、十年をすぎて、朝廷が両者に和睦《わぼく》をすすめ、結局、本願寺は、石山の寺内町を離れて、退去《たいきょ》することになります。

そのとき大きな火事が起こって、石山本願寺は、三日三晩、燃えつづけました。

やがて信長も、明智《あけち》光秀《みつひで》に本能寺で殺されます。

信長の後継者となった豊臣秀吉《とよとみひでよし》が、石山本願寺の焼け跡に、大坂城の建造にとりかかります。そこに天下統一のシンボルとなるような城を建築し、天守閣をつくったのです。

その場所についてはいろいろな説があります。現在の大阪城がかつての石山本願寺の真上《まうえ》だという説もあれば、すこし離れた場所にあったという説もあります。いずれにしろ、その近くに現在の大阪城があることはまちがいありません。

豊臣秀吉は、大坂城の周りに城下町を建設しました。かつて寺内町に住んでいた人びとにさまざまな特権を与え、周囲に呼び集めます。

そのうち石山本願寺を中心に「寺内町」に住んでビジネスを営んでいた商人たちも、大坂にもどってきます。

このようにして大坂は、「寺内町」から「城下町」へと移行することになったのでした。

やがて、豊臣家を滅ぼした徳川家は、政治の中心は江戸、経済の中心は大坂、というふうに分担させることで大坂をさらに整備していきました。

運河の開削《かいさく》工事がさかんに行われ、多くの橋がかけられ、「水の都」の基盤ができあがり、大坂は「天下の台所」と呼ばれるように発展していきます。

こうして、近世以降、現代にいたるまでの時代に、大坂は一大商業都市としての面目を整えることになったのです。

民衆の深い信仰心が生きつづける町

こうして考えてみますと、そもそも、いまの大阪という街の基盤が「寺内町」という一種の宗教都市から発生したということ、そして大阪に集まってくるさまざまな企業が北御堂と南御堂の鐘の音の響くその道筋に集まってきたこと、また、「寺内町」のなごりが繊維産業や薬品会社などに生きていることなど、興味ぶかいことばかりです。

単なる商業都市として大阪を見ることはできません。

大阪という街には、目に見えないところで、深い民衆の信仰心が生きつづけている、という気がするのです。

古い資料を見ますと、大坂の商人たちは、ほとんどが真宗の門徒だというようなことが書かれた文書もあります。

いまは巨大な商業都市として威容《いよう》を誇っている大阪ですが、その成り立ちと、そして発展の過程で、目に見えない地下水脈のような深い信仰心が絶えることなく流れていることを考えますと、活気に満ちた大阪の街が、ちがったイメージで見えてくるのではないでしょうか。

私たちは、なぜかそのように民衆の生活と結びついた宗教というものを、できるだけ排除して物事を見ていこうとする傾向があります。

それは、オウム真理教や、その他のさまざまな新しい宗教のスキャンダルなどで、一種の宗教アレルギーが私たち日本人のなかに生まれているからかもしれません。

自分たちのこころの深いところに流れているものと、それを否定しようとするこころの葛藤《かっとう》がそこにはあるようです。そのような衝動は、私たちのこころと行動を混乱と分裂のなかに引きこんでいきます。

宗教アレルギーから脱け出す時

日本人が、きわめて信仰深い宗教的な民族であったということを、私たちはすなおに認めるべきではないでしょうか。

ふと思い出すのですが、亡くなった小渕《おぶち》首相が、総理大臣に就任したとき、テレビのインタビューでこんなふうに言っていたことがありました。

「これまでは毎朝、朝日にむかって柏手《かしわで》を打って拝んでいたのだが、首相になったからには、これからはそういうことはやめなきゃいかんね」

それを聞いたとき、わざわざそんなことを言わなくてもいいのに、と思ったものでした。

朝日にむかって柏手を打ち、沈む夕日にむかって合掌《がっしょう》する。もし一国の首相がそうであったら、むしろ外国人の日本人に対する見かたがずいぶん変わってくるのではないでしょうか。

たとえば、簡単なことですが、食事の前に「いただきます」と、手をあわせようとする。子供のときからの習慣ですから、なんとなくそうしたくなるのです。

しかし、まわりを見まわして、他の人たちがそうしていないのに、自分だけが合掌したりするのは、いかにも信心深げに見せつけているようで照れくさい。それで、言葉を呑《の》みこんで、こころのなかで「いただきます」といって食事をはじめることがしばしばあります。

しかし、もし日本人の留学生が外国人の家にホームステイして、その家で食事をするときに、合掌して「いただきます」と言い、食事が終わったあとも合掌して、「ごちそうさまでした」と言ったならば、滞在先の外国人の家族たちに笑われるでしょうか。決してそんなことはないと思うのです。

国際人の資格というのは、英語が巧みに話せることでも、パソコンを自在に操れることでもないでしょう。きちんとした、見えない大きなものへの畏敬《いけい》の念を抱いているということこそが、まず国際社会で対等な人間として認められる第一歩ではなかろうか。そんなふうに、ひそかに考えてきました。

そして今、ますますそういう気持ちは強くなってきています。

私たちはそろそろ、「宗教」という言葉に対する子供っぽいアレルギーから脱け出す時にさしかかっているのではないでしょうか。

歴史上の日本人の生きかたをふり返ってみて、あらためてそう思わずにはいられません。

大阪という活気のある街が、商業都市であるだけではなく、その成り立ちにおいて深く宗教的な都市であったことを、私たちはあらためて思い返してみる必要がありそうです。

第八章　「お陰さま」と「ご縁」

「儲かりまっか」「お陰さんで」

「お陰《かげ》さま」という言葉を聞くと、私はすぐに思い出すことがあるのです。それは大阪の御堂筋にまつわる話です。大阪は商業都市といわれていて、大阪の人たちも最近はそう思っているふしがあります。しかし前の章でもお話ししたように、歴史を調べてみると必ずしもそうではないのです。大阪は戎橋《えびすばし》とか法善寺横町《ほうぜんじよこちょう》とか、宗教に関する地名がとても多い街です。そういう意味で、大阪はそもそもの成り立ちから現代にいたるまで、宗教的なものが深く根づいている都市なのです。

「しかし、五木さんはそう言うけど、いまの大阪はちがうではありませんか」と東京の人たちは言います。「大阪というのは変わったところだ。顔を合わせると『儲《もう》かりまっか』と言うそうですね」と、からかい気味に言ったりします。

たしかに大阪の人は「儲かりまっか」と言います。「まあ、ぼちぼちでんな」とも言います。しかし、かつての大阪人は、「儲かりまっか」と挨拶《あいさつ》されると、「ぼちぼちでんな」と応じる前に、「お陰さんで」と言っていたといいます。「お陰さんで、ぼちぼち商売をやらせてもらっています」と。この「お陰さんで」というのは、お客さまのお陰、世間のみなさんのお陰、天地神仏のお陰といった、たくさんの意味をもったお陰です。

直接的には「あなたのお陰」「みなさんのお陰」という意味ですが、本来的には幕末に流行《はや》った伊勢神宮への「お陰参り」からきています。天地神仏の恵みに感謝するという意味でお参りするのが「お陰参り」ですから、「お陰さまで」という言葉の背景には、たんに現実的な人間関係だけではなく、非常に深い、神仏への感謝、天地《あめつち》をはじめとする自然への感謝、先祖への感謝などが全部入っている。非常に奥の深い言葉なのです。大阪人だけでなく日本人全体がもういっぺん思い返してもらいたい、いい言葉だと思うのです。

すべてのいのちを尊ぶこころの豊かさを

「お陰さま」という言葉は、「他力」にも通じるのです。実は、「お陰さま」という言葉は「他力」とイコールなのです。ある年齢に達すると、だれでも「自分一人の力でやってきた」というより「みなさんのお陰でやってこられた」と感じることがあると思います。我一人の力にあらずで、天の恵み、地の恵み、人の恩……そういういろいろなもののお陰で、ここまで歩いてこられた。そういう深い思いのこもった言葉だと思うのです。

そういう言葉が最近あまり使われなくなったのは、人間が傲慢《ごうまん》になったからなのだと思います。つい最近、金沢の高校生たちからインタビューを受けたのですが、「何か私たちの世代にメッセージを」と言うので、こう答えました。

「人間というのは、すばらしいものだとか、偉大なものだとか、そういうことを考えることも大事だけど、同時に、人間というのは、くだらないものだ、弱いものだと考えることも大事です。

人間というのは非常に残酷《ざんこく》で、地球という大きな生命体のなかで他の動植物と共生しているにもかかわらず、地球の主人公であるかのようにふるまい続けてきた。森を焼き、海を汚し、大気をここまで汚染してきたことを考えると、他の生物にとっては、ほんとうに厄介で、どうしようもない迷惑な存在であったにちがいない。

だから、人間はすばらしい、偉大だというだけでなく、他の生物に迷惑をかけ、戦争をくり返し、人間同士いのちを奪いあうという、他の動物がしないことをしてきた存在なのです」と。

そういう人間としての懺悔《ざんげ》の気持ちや恥じらいといった意識が希薄になってきたのではないでしょうか。

それは、たとえば近代科学がここまで発達したため、科学の偉大さを謳《うた》いあげすぎるところから生まれてきていると思います。しかし、私に言わせれば、科学というのは宇宙の神秘の百万分の一ぐらいをようやく解明しただけと思わなければならない。ところが、遺伝子《いでんし》もゲノム（最小限の染色体《せんしょくたい》の一組）も解読された、分子生物学から免疫学《めんえき》まで、どんな問題も科学によって解決されるというような、とんでもない錯覚に陥っている。そうして、人間があたかもすばらしい存在であるかのように教えすぎてきたと思うのです。

たとえば、最近よく聞く「地球にやさしい○○」という言いかたなどは、もう傲慢の極《きわ》みだと思います。これでは環境問題はいつか破綻《はたん》することになってしまいます。

なぜかというと、ルネッサンス以来「人間は地球の主人公である」という考えかたが定着してしまっていて、これ以上、森を焼いたり、空気を汚したりすると、人間の生活そのものが脅かされる。だから手加減して「やさしく」ということなのです。その根底には人間が最高だという考えかたがある。

そうではなくて、山川草木悉有仏性《さんせんそうもくしつうぶつしょう》といった思想にめざめることが大事です。そういう思想の背後にあるのは、虫も草も木も山も水も、みんな同じいのちなのだという考えかたです。それらのいのちをいたわらなくてはいけない、という気持ちから環境問題を考えなければ、絶対行き詰まると思うのです。

キリスト教的な一神教の文明では、人間が地球上で一番偉いことになる。神と神の子に次ぐのが人間なのですから。その人間の生活を豊かにするためには、他の生物は犠牲にしてもかまわないという考えが、近代文明の根底にはあります。

そうではなく、人間はさまざまないのちの「お陰さま」で生かされているのだと思わなければならない。従来アニミズムといわれて蔑視《べっし》されてきたような「木にもいのちがある、森にもいのちがある、山や川には神が宿っている」といった考えかたを、原始的な劣った思想などと考えないで、こころの豊かさとしてふり返ってみるべきだと思います。

人間中心主義から生命中心主義へ

これからは、人間を中心とした生命論の代わりに新しい生命論が出てくる時代なのでしょう。

ルネッサンス以前の中世は、大雑把《おおざっぱ》にいうと、教会と王権の下で普通の庶民たちは虫けらのような存在でした。しかし、その後、一人ひとりの人間に価値があるのだというヒューマニズムが打ち出されて、人間を中心とした文明が発達してきた。しかし、その文明の数百年に及ぶ発展の過程を経て、遺伝子やゲノムの発見から、すべての生物は同じ遺伝子の構造をもっていることがわかってきて、それが新しい「生命の発見」につながってきたのです。

ガイア理論というのも出てきて、地球を一個の生命体と考える。海にも、いのちがある。森にも、いのちがある。宇宙にも、いのちがある。そう考えるようになってくると、いのちという点では人間中心主義は相対化されてくるわけです。

すべてのいのちは平等である、というのは仏教の根本の理論です。宇宙の真理の前にすべての生命はみな平等である。生きとし生けるものは平等である。これが、いまの時代の新しい思想の中心になるべきでしょう。

ですから、ヒューマニズムの時代から何の時代へ移行するのかはよくわかりませんが、まさにいま、そういう新しい時代が始まろうとしているのだと思います。そして仏教は二千数百年前から、そういうことをいちばん大事なこととして考えてきたのです。

いま「ニューブッディズム」という運動がインドで非常な勢いで広がりつつあります。インドでいったん衰微《すいび》した仏教が、また非常に大きな力になりつつある。それがヨーロッパからアメリカのほうまで広がっていく可能性があります。

これまでは世界中がキリスト教文明を追いかけてきた時代でしたが、これからは長い時間をかけて仏教のなかから新しい価値観が生まれてくるかもしれません。欧米における仏教への関心は非常に高いですから。

「縁なき衆生」こそ大事

「ご縁《えん》」というのは「お陰さま」という感謝の言葉を人間関係に当てはめたときに出

てくる言葉ですね。自分が生まれたのも、ここに生きているのも、直接的には両親や先祖のお陰さまですが、間接的にはそれ以外の多くの人のお陰さまでもある。それらすべての人とのかかわりを考えたとき、まさに「不思議なご縁で」というしかありません。

「縁なき衆生《しゅじょう》は度《ど》しがたし」といいますが、私はいろいろなメディアをとおして「縁なき衆生」にこそ語りかけているつもりでいます。

知識人のなかにはテレビ番組などをバカにしている人もいます。しかし、テレビ番組は大事だと思うのです。なんだかんだと言ってもテレビの影響を受ける人は多いのですから、くだらない番組ばかりだといって放っておくわけにはいかないと思うのです。こういう時代に生きている者の一人として、大衆文化には積極的にかかわっていく責任があると思います。ですから、私はテレビ番組にも出るし、大衆的な雑誌やヘアヌードの載っている週刊誌にも連載をするのです。

文学雑誌というのは、文学に志のある人が買って読むものです。そういう知的で批評的な目のある人は放っておいても大丈夫なのです。私にとっては、そうでない人たちのほうが大事なのです。

それと同じで、たとえば親鸞上人《しんらんしょうにん》がいう「善人」というのは、毎日お勤めを欠かさないような信仰心の深い人たちのことです。そういう人たちもやはり、放っておいても大丈夫なのです。

その一方には、物見遊山《ものみゆさん》でお寺に来る大勢の観光客がいる。観光バスを連ね、バスガイドの持つ旗の後ろをついて歩いて、大事なことはあまり見たり聞いたりせず、おみくじだけ引いて帰っていくような人たちです。

しかし、そういう人たちがお寺に来るということは、そこにひとつのご縁が生まれている、ということでもあるのです。百人のうち一人でも、あるいは千人のうち一人でも、お寺に来て何か感じるものがあったら、そこに新しいご縁が生まれたことになるわけです。

ですから、観光客の集まる寺院に限らず、お寺はいつも大衆に門戸を開いて、縁なき衆生に語りかけることが大事だと思います。縁なき衆生を教化するのが、お寺の役目なのですから。

ところが、一般にお寺は自分たちにとって縁の深い人びとを大事にしている。あれが、そもそもまちがっていると思います。仏教に関心のない、あるいは仏教についてまちがった考えかたをしている人たちにこそ新しい縁をつくってあげるのが、お寺の仕事だと思います。

「縁なき衆生は度しがたし」というのは諺《ことわざ》であって、お釈迦《しやか》さま自身はそんなことは言っていないと思います。むしろ宗教家は「縁なき衆生こそ大事」と考えなければいけない。なぜなら、縁というのは固定的なものでなく、生まれては消え、消えては生まれしながら、常に生々流転しているものだからです。ですから、いまは縁がなくても、やがて必ず縁が生まれるんだ、というふうに宗教家は考え行動しなくてはいけないと思います。

「乾いた社会」がもたらす乾いた人間関係

とりわけ深い縁で結ばれているはずの、親が子を虐待《ぎやくたい》したり、子が親を殺したりといった事件が後を絶ちません。また、夫婦の絆《きずな》も、とても弱くなってきているように感じます。それはどうしてかというと、自分の選択で親子や夫婦になったと思っているからなのです。自分の選択だけでなく「他力」によるのだと思っていれば、そういう結果にはならないはずです。自分の力だけではない、目に見えない大きな力に導かれて親子・夫婦になったのだと、こう思わなければいけない。

「サムシング・グレート」(Something Great) という言葉がありますね。私たちの人生には、目に見えないけれど、何か大きな力がはたらいている。そういう大きな力のはたらきのなかで、さまざまな縁が生まれては消え、消えては生まれしながら、お互いに親子・夫婦としてのご縁を深めているわけです。

しかし、そういったことを忘れて人間関係が乾いてしまっている、社会全体が「乾式社会」になってきている、すべてにおいて湿度が失われ乾いているという気がします。

男性化粧品でも湿ったものは嫌われてサラサラしたものが好まれているという。年中エアコンの中で暮らしているせいか、ジメジメしたもの、ベタベタしたものを排除しているうちに、人間関係も乾いたものになってしまったのでしょう。

電車の座席でも隣りの人との接触を極端に嫌がります。私が見ていても、いくつかの座席が空いていると、まず若い乗客は隣りの人との間に席を空けて坐《すわ》ります。隣りの人と体が接触するのが嫌なんですね。体温が伝わるのが嫌なんでしょう。その空いた席に中年のおばさんが割りこむようにして坐ると、たちまち不快そうに立ちあがってしまう。

女子学生に「なんで、いまの学生はデモをやらないんだろう？」と聞いたら、「えーっ、知らない人と腕を組むなんて」と言っていました。「デモって、そういうものだよ」と言ったら、「そんなこと、できない」。それほど人との接触を嫌がる。

しかし、人間が生きるということは、否応《いやおう》なく人とかかわっていくということなんですよ。それは本来、ジメジメ、ベタベタしたものなのです。

しかし、いまの社会はそういう関係を排除して、できるだけ乾いた関係をつくりだそうとしているのでしょう。アナログ的なものは嫌われて、デジタル的なものが好まれる。パソコンや携帯電話を使ってバーチャルな空間で人とつながることは得意だけれど、実際の人間関係を築くことは苦手という若者が多い。

だから、演歌《えんか》の歌詞にあるような義理人情とか涙や悲しみといったジメジメしたものは時代おくれで流行《はや》らない。笑いとかユーモアといった乾いたもののほうが受けるのです。

しかし、ギリシャ悲劇における「カタルシス」という言葉は「涙が魂を浄化する」という考えかたです。

明るさが大事である、笑いが大事である、ユーモアが大事である、なぜなら明るさや笑いやユーモアは心身にいい影響を及ぼすから、免疫力《めんえき》が強まるからという意見はもっともです。しかし、それに対して、悲しんだり、泣いたり、嘆いたり、迷ったり、憂いを感じたりするのは悪いことであると決めつけるのは根本的にまちがっていると思います。

人は泣くことによって魂を浄化させることもできるし、悲しむことによって免疫力を強化することもできるのです。

人生においては、胸を張るだけでなく、ちょっと背をかがめ、思い屈して、うなだれながら生きていくということも多いのですね。

ですから、光のほうだけでなく足もとの影を見ることも大切だと思います。

いまの社会は、自分の感情や思いを人前で出しにくい社会なのでしょう。競争社会だから、人に弱みを見せず、元気そうにとりつくろって生きていかなければならない。周りを見ても、みんな元気そうに前向きにエンジョイして生きている。だから、それに合わせて無理をしているうちに心身のバランスを崩して心療《しんりょう》内科に通うようになってしまいます。

なかには自分だけがこころのなかに黒いケダモノのようなものを飼って生きている。もう、こんな自分は落伍《らくご》するしかない、というふうに絶望して自殺する人もでてきます。

しかし、実は周りの人はみんなムリをして元気そうに振る舞っているだけなのです。お互いに、そのことに気づく余裕がないのです。

私が語りかけているのは、そういう人たちなのです。私は世間の人びとに何か影響を与えるために本を出そうとは思ってはいません。「自分はこういうふうに考えて生きています」ということをずっと言いつづけてきたにすぎないのです。

しかし、そういうことを言いつづけていると、あちらからもこちらからも「私もそう思って生きています」という声が届いてくる。それで「ああ、自分と同じことを考えながら生きている人たちが、こんなにたくさんいるんだな」と、わかってくるのです。

「縁なき衆生」とはそういう言葉を待つ人たち、生きることの意味を語りかけてほしいと思っている人たちのことなのではないでしょうか。

第九章　抒情と感傷の意味

「感傷的」ではいけないのか

私たち日本人のいのちが、これまでにないほど軽くなっている。それはこころが乾ききっているからだ、と私は考えました。では、いまの私たちの乾いたこころのなかに注ぐオアシスの清冽《せいれつ》な水とはいったい何か。そのことを考えつづけてくるなかで、ひとつ「センチメント」という言葉がうかびました。「感情《かんじょう》」とか「感傷《かんしょう》」とか「情操《じょうそう》」とか、そんなふうに使われる言葉です。しかし一般には「センチメンタル」という言葉で、「感傷的《かんしょうてき》」というふうに用いられます。

感傷的であることはとてもよくないことだ、恥ずかしいことだ、という先入観《せんにゅうかん》が、私たちのまわりには長くありました。いまでもそうではないかと思います。

私は若いころ、ある出版社の文学全集の編集委員を務めたことがありました。私だけが三十代で、あとは五十すぎの文壇《ぶんだん》の大家《たいか》ばかりでした。

そういう先輩のかたがたを前に、若僧《わかぞう》の私はあまり発言もできず、おとなしくしていたのですが、あるときだけ、ちょっとした抗議をしたことがあります。それは、石《いし》川啄木《かわたくぼく》の巻の編集会議のときでした。

先輩作家のひとりが、鼻で笑うようにしてこう言ったのです。

「啄木なんて、二十歳をすぎたら、もう読めんだろう」

それを受けて、もうひとりの有名な評論家はこう言いました。

「こんな感傷的な作品など、女子供の読むもんだよ。誰か他の詩人と三人一緒で一巻というのはどうかね」

同席していた編集者のあいだからも、それに反対する意見はありませんでした。

私はつい、こらえきれなくなって、こう口をはさんでしまったのです。

「二十歳すぎたら読めないとおっしゃいますけれども、十六歳のときに読んだ啄木は、それはそれで、十六歳の少年にとっては絶対の感動だったんじゃないでしょうか。六十歳、七十歳になって、たとえば、正宗白鳥《まさむねはくちょう》のような作品はこころにひびくが、啄木の歌はピンとこないと言われても……」

きみはまだ若い、と私の意見は一蹴《いっしゅう》されたのですが、釈然《しゃくぜん》としない気持ちはその後もずっと残りました。

たしかに啄木には、感傷的と言われてもしかたがない歌がたくさんあります。しかし啄木は、その感傷のなかに自分独自の世界をつくりあげた文学者だと思うのです。十代のときに啄木の歌を読んで、こころが震えたとする。それはその読者にとっては絶対のものです。老人になって感動できないからといって、啄木の世界を軽く見るのはまちがっていると今でも考えています。

そもそも、感傷的であることが、なぜいけないのか。

同じようなことが、いまから四十年ほど前、竹久夢二《たけひさゆめじ》に関することでありました。「竹久夢二調の少女趣味」、というような表現に私が嚙《か》みついたので、論争になったのです。

頭ごなしに竹久夢二の世界を少女趣味と片づけてしまう、そのような見かたに、私は納得できませんでした。

啄木や夢二に対する評価は、いまはむかしほど偏見に満ちたものではなくなりました。しかし、「感傷的」という言葉、「センチメンタル」という言葉に対する蔑視《べっし》の感覚は、現在もほとんど変わってはいません。

素直に考えてみましょう。センチメンタルということは、感情があふれるということです。乾ききったこころには、感傷すら浮かんではきません。感傷は感動への第一歩ではないかと思うのです。

人間がセンチメンタルであることを恥ずかしがる必要は、どこにもありません。それをただ幼児的に垂れ流すかどうかという問題です。

啄木や夢二には、表現のなかで真剣な工夫と努力が見られます。感傷的ではあっても、決して感傷の垂れ流しではありません。

たとえば倉田百三《くらたひゃくぞう》の『出家とその弟子』という作品についても同じようなことがありました。

文学事典などには、倉田百三に関しては黙殺《もくさつ》か、非常に短かいコメントが載っているだけです。一般に「感傷的な宗教文学」というレッテルが倉田百三には貼《は》られているようです。

しかし、私が読んだところでは、『出家とその弟子』は単に感傷にいろどられたメロドラマではありませんでした。

文庫本の奥付《おくづけ》を見ますと、いまも毎年毎年、驚くほどの増刷がくり返されていることに気がつきます。

文芸ジャーナリズムの黙殺にもかかわらず、『出家とその弟子』を日本の各地でひそかに読みつづけている地下水のような人びとが大勢いるんだな、とそれを見て思いました。

「センチメンタル」、あるいは「感傷的」という言葉のなかには、人間の悲しみや嘆《なげ》きや、そのような感情に対する軽視といいますか、蔑視《べっし》といいますか、そんな雰囲気が色こく漂っています。それがいまの私たちのこころの乾きと、どこかでつながっていると感じられてなりません。

小野十三郎さんの思い出

思い出すのですが、私たちが学生のころは詩を書こうとする若者も、小説を試みる学生も、それなりの文章修業というか、努力をしたものです。そしてそのとき、私たちのロシア文学系のグループにとっては、文章を書く上で意識せざるをえない三人の先達《せんだつ》がいました。

中野《なかの》重治《しげはる》、花田《はなだ》清輝《きよてる》、そして小野《おの》十三郎《とおざぶろう》という人びとです。

小野十三郎という詩人は、『大阪』『重油富士』などの優れた詩集のある大阪出身の詩人です。のちに大阪文学学校をひきいて、多くの才能を育てました。彼は短歌《たんか》的抒《てきじょ》情《じょう》を排して、抑制のきいた、戦後詩の最良の部分といってもいい優れた詩を書いた人です。

ですから私たちにとっては、小野十三郎の言葉はとても重みがあったものです。そして、その当時の私は、きわめて短絡的に小野十三郎の詩論というものを理解していました。いや、本当は理解できていなかった、と言っていいでしょう。抒情とか、雰囲気《ムード》とか、メロディーとか、そういうものを排除して、ひたすら乾いた鉱物的な文章を書くことが大事だというふうに、きわめて単純に受けとっていたのです。

そして自分の書く文章のなかから徹底的に情感を排除して、乾いた散文を書こうと努めたものでした。そのあげく、いまだに干《ひ》からびた文章しか書けないことを情けなく感じることがあります。

しかし、小野十三郎さんが亡くなったあと、「新日本文学」という雑誌の追悼《ついとう》特集号に、小野十三郎さんに親しく接していた井上俊夫さんという詩人が、回想としてこのようなエピソードを紹介していたのを読みました。

文学学校の卒業式のあとのコンパの席で、小野さんはしばしばこんな歌を朗唱してみせることがあったというのです。それは、

やはらかに柳《やなぎ》あをめる
北上《きたかみ》の岸辺《きしべ》目《め》に見《み》ゆ
泣《な》けとごとくに

（『啄木全集』第一巻、筑摩書房より）


という啄木《たくぼく》の歌だったそうです。

その回想を読んだとき、私は、小野十三郎という詩人をまったく誤解していたのだなと、ひどく恥ずかしく思いました。

小野さんのこころのなかまで乾いた鋼鉄のような感受性が張りめぐらされていたのではない。小野さんは、あふれるほどの感情と、豊かな感受性を内に湛《たた》えていたから

こそ、それを抑制なく垂れ流すことに対して厳しくストイックであったのだなと、ようやく後で、遅まきながら納得したのです。彼が否定したのは決して「抒情」ではなく、「安易な抒情」だったのではないでしょうか。

「抒情」や「感傷」のなかにある生きるちから

「感傷的」という言葉は、「メロドラマティック」とか「新派悲劇」とか「浪花節《なにわぶし》的」などという言葉とワンセットで使われることが多い。そしてそれは例外なく、どこか上から見おろしたような口調です。

私は数年前に、むかしの「節劇《ふしげき》」のスタイルをまねた大衆演劇を書いたのですが、そのときのパンフレットにこう書きました。

〈これは「お涙頂戴《ちょうだい》」のドラマである。「お涙頂戴」、なんというきっぱりした言葉だろう。「観客を泣かせる」などという傲慢《ごうまん》無礼な口調にくらべると、どれほど美しい表現であることか。時代劇などで死を覚悟して敵地へ乗りこんだ若武者が、狙う相手に、「お命、頂戴つかまつる!」などと言う場面があった。「お涙」を「頂戴」するのも、「お命」を「頂戴」するのも、その心は一緒だ。そこには身を捨てて生きようとする、いさぎよい覚悟が必要なのだから。

私はこのドラマを日本人の歌謡劇として書いた。そこで流れるのは、現代の梁塵《りようじん》秘抄《ひしよう》の歌ともいうべき巷《ちまた》の俗謡である。演歌・艶歌・歌謡曲・流行歌などと呼ばれるそれらの歌に、私はいま、あらためて深い共感をおぼえずにはいられないのだ。

（中略）

しかし平安時代の今様《いまよう》をはじめ、声明《しようみよう》、和讃《わさん》、ご詠歌、琵琶《びわ》法師の語りものから、長唄《ながうた》、浄瑠璃《じようるり》、端唄《はうた》小唄のたぐいや、浪曲、民謡など、広く深い日本人の歌謡世界は、すべて〈演歌・歌謡曲〉の世界に流れ込んでいるというのが、一貫した私の考え方だ。

長調《メジャーコード》を〈陽旋律〉といい、短調《マイナーコード》を〈陰旋律〉と呼んだときから、音楽世界のねじれは生じている。短調で、かつヨナ抜きの貧しい音階に依存する音楽、として蔑《べっ》視《し》されてきたのは、世界の歴史のねじれではないのか。短調の音楽は、アラブ、イスラム世界では前向きの音楽であり、軍歌も、抵抗歌も、喜びの歌も、マイナー・コードでうたわれてきた。日本の明治維新の勤皇軍の軍歌を口ずさんでみるといい。

「明治維新は短調のメロディーと共にやってきた」という五十嵐一《ひとし》の指摘は正しい。

（中略）

これは一つの物語である。それも中世の説経《せっきょう》や、節劇《ふしげき》や、大衆演劇の流れを継承する歌入り芝居（本来の意味でのメロディー・ドラマ）の台本である。実際に舞台で上演される時には、いろんな制約があって、たぶん細部はそのときどきで大幅に変るかもしれない。しかし、この作品の根底にすえられた〝情《じょう》〟という視点だけは、失われることはあるまいと信じている。〝情〟とは、仏教でいう「慈悲」の〝悲〟にあたるものだ。近代がながく無視してきた〝悲〟と〝情〟の世界を、私はこれからも大切に描いていきたいと思っている。〉

私たちは、人間の悲しみや情感や、泣くということや涙ということや、その他、もろもろのことに関して、ずいぶん長いあいだ偏見《へんけん》を持ってきたのではなかろうか、と思うのです。

笑いが文化であり、ユーモアが知的な作業であることは、言うまでもありません。

しかし、笑いとユーモアは、湿潤な風土や、じめじめべとべとした人間関係、社会環境をさわやかに乾かす、すばらしいちからだと納得しつつも、一方でまた、熱風の吹きすさぶ乾いた砂礫《されき》のようないまの社会に、笑いとユーモアだけで、いいのだろうか、と首をかしげます。

かつて一九七九年に、喜納昌吉《きなしょうきち》が沖縄から「花」という歌をリリースしたとき、それに対していろんな皮肉や、からかいがありました。

「〈泣きなさい／笑いなさい〉なんて〈笑いなさい／笑いなさい〉でいいじゃないか」とか、三番目の歌詞の〈人は人として／涙もながす〉という部分に対して「こりゃ演歌だね」などという人もいました。

その当時、高度成長からバブル成長の助走期にあった日本人には、この「花」の歌詞の情が充分に伝わらなかったのではないかと思います。

そしていまNHKのBSや、コンサートのアンコールや、カラオケや、いろんなところでこの歌が聴かれます。

「泣きなさい／笑いなさい」「人は人として／涙もながす」などという歌詞に日本人がいつのまにかアレルギーを感じなくなり、誰に強制されたわけでもないのに、その歌を自然に口ずさみはじめているということは、とても面白い現象だと思います。

悲しむことと喜ぶこと、泣くことと笑うこと、ユーモアと悲哀（ペーソス）、それらは盾《たて》の両面であり、絶望に裏打ちされた希望だけがほんとうの希望であるように、いま私たちはその片方だけを大切に思い、片方を蔑視するというような考えかたから、脱け出さなければならない時にさしかかっているのではないでしょうか。

第十章

青い鳥のゆくえ

「青い鳥」は幸福の象徴なのか？

私はいま横浜に住んでいます。ちょっと高台なので、日曜日の午後など、ぶらりと下の商店街へ散歩に出かけます。

ずいぶんむかしのことですが、坂道を降りきったところにある銀行のポスターが目につきました。そのポスターは、真っ青の空にお日さまが輝いて、ひまわりの花が咲き、赤い屋根に白い壁のきれいな家が描かれて、その前には男の子と女の子の二人を連れた若い両親がにこにこ笑いながら、ほんとうに幸せそうな感じで立っている、という絵柄でした。

銀行のポスターですから当然、広告です。下に「今期のボーナスは、ぜひ当銀行へ」と書いてあったので、苦笑しました。私たち自由業者にはボーナスなどないからです。そしてその下に、こういうコピーが付いていたのが記憶に残りました。〈しあわせを呼ぶ「青い鳥預金」〉と書いてあったのです。

なにげなくそのポスターを眺めながら坂道を降りていったのですが、ふと頭にうかんできた疑問は、「青い鳥預金」とは一体どういうことか、ということでした。もちろん「青い鳥」というのは、しあわせを呼ぶ希望の象徴として使われているにちがいありません。私たちはふだん「青い鳥」という言葉をよく使います。しあわせを呼ぶ「青い鳥」、そして幸福の象徴としての「青い鳥」。

しかし「青い鳥」というのは一体、なんなのか。すぐ頭にうかぶのは、メーテルリンクという作家の書いた『青い鳥』の物語のことです。『青い鳥』の物語は、誰でもご存じのはずです。私もなんとなく、漠然《ばくぜん》とですが、その筋書きは知っています。

まず、チルチルとミチルというきょうだいがいる。そしてそのきょうだいが、しあわせを招く青い鳥を求めて旅をする。あちこち遍歴《へんれき》を続けたあげく、結局、青い鳥はみつからず、家に帰ってくると、自分の部屋の片隅に青い鳥がいた、というストーリーがうかんできます。そして、ほんとうの幸福というものは遠く求めて行ってもみつけることができず、自分のすぐ身近なところにあるものだというお話ではないか。

漠然とそんなふうに知っているのです。

しかし、ふと不安になったのは、自分がほんとうにちゃんと『青い鳥』という物語の原作を読んだことがあるのか、ということでした。ひょっとすると中学生のころ、児童演劇の舞台で見た記憶が残っているのかもしれない。あるいは絵本で見たのかもしれない。あるいは少年少女向きのやさしい物語で読んだだけなのかもしれない。

そう考えますと急に気になって、すぐ書店へ行って『青い鳥』を探しました。最初は書店の人も童話のような本を持ってきてくれたのですが、そうではなくて原作を、と頼みますと、文庫本で二種類あったので、それを買い、家に持ち帰って、その日いちにち原作に読み耽《ふけ》りました。

すると、驚いたことがありました。それはまず、『青い鳥』がごくごく短かい寓話《ぐうわ》のような物語だと思っていたのが、じつはかなりの分量のある長い作品だったことです。そして『青い鳥』という物語ではなく、お芝居の台本、つまり戯曲《ぎきょく》であったことも、そうだったのかと思いました。やはり自分では原作を読んだことがなかったのです。

さらに、作者のモーリス・メーテルリンクが、そんなにむかしの作家でなかったこともちょっと驚きでした。なにか『青い鳥』を古典のように思いこんでいたのですが、メーテルリンクは一九四九年に亡くなっていますから、私が高校一年生のころに、この世を去った、いわば現代作家なのです。しかも一九一一年にはノーベル文学賞までもらっている。『青い鳥』の作者が、古いむかしの作家でなかったことも意外でした。

このモーリス・メーテルリンクという人はベルギーの出身です。最初は弁護士志望だったそうですが、やがてパリへ出、芸術と文化が花開いていた華やかなパリに刺激をうけ、詩人になろうと志します。

最初は詩人としても評価されていたのですが、やがて一九〇八年に『青い鳥』という戯曲を書いて、これが一大反響を巻き起こしました。モスクワをはじめパリその他、世界中の都市で彼の戯曲が上演され、日本でも大正九（一九二〇）年からくり返し上演されてきました。いわば『青い鳥』は世界的なベストセラーになったのです。

『青い鳥』の意外な結末

この『青い鳥』の物語を一日かかって読んで非常に驚いたことがありました。それは、自分が考えてきたような安易な幸福の物語ではなかった、ということです。簡単にそのあらすじを脚色して紹介しておきましょう。

最初、物語は貧しい木こりの家からはじまります。その木こりの家のひと部屋に、チルチルとミチルという、兄と妹のきょうだいがいます。貧しい木こりの家です。なにしろチルチルとミチルの他に、七人もきょうだいがいたのに、みんな死んでしまって、残ったのは二人だけというのですから。

二人は、道路をへだてたお金持ちの家を眺めています。クリスマスのイヴです。お金持ちの家では、つぎつぎにお客さんが馬車で到着し、華やかなシャンデリアの光の下、ご馳走《ちそう》やお菓子がたくさん並び、かすかに音楽も流れている。人びとはそこで笑いさざめきながら談笑している。

道路をへだてたその華やかなお屋敷の様子を、クリスマス・プレゼントももらえない貧しい木こりの子供ふたりが窓に手をかけ、うらやましそうに眺めている、そういう設定です。

妹のミチルが、兄に聞きます。

「あの人たち、どうしてすぐにお菓子を食べないの？」

すると、兄のチルチルが答えます。

「おなかがすいてないんだろう」

「えっ、おなかがすいてないんですって？」

と、びっくりしたように妹が聞き返します。さぞかしいつもおなかをすかせていて、食べものがあればすぐ手を出すような暮らしだったにちがいありません。

「あの人たちは、食べたいときにはいつでも食べられるから」という言葉も出てきます。また、「食べなかったお菓子を、わたしたちにくれるかしら」などと言ったりもします。

うらやましそうに金持ちの家のクリスマス・パーティ風景をのぞき見している二人の前に、魔法使いの老婆《ろうば》が出てきます。魔法使いの老婆はいろんなことを言って二人を誘惑《ゆうわく》します。

「青い鳥というのがいて、その青い鳥をみつければ、すべてのしあわせが実現するのだ。隣りにいる足の不自由な女の子のためにも、あんたたちはぜひ、青い鳥をみつけに出かけなさい」

こういうふうにすすめます。二人は、最初はちゅうちょするのですが、やがて、その魔法使いの老婆の言葉に誘われ、青い鳥を探す旅に出かけることになります。このへんからはもう夢の世界、と言っていいでしょう。『青い鳥』はファンタジーなのです。

二人はいろんな仲間をつれて、青い鳥を探す旅に出かけます。その旅では、つぎつぎにいろんな困難や失敗や、思いがけない事件が襲いかかってきます。たとえば、森のなかにいると、木とか動物たちが突然、二人を襲ったりするのです。「おまえたちの父親は、私たちの仲間を切り倒した」などということを言ったりします。また、せっかく捕まえたと思った青い鳥が、光を浴びるとたちまち色あせてしまったり、いろんな失敗と絶望がくり返されます。そのあげくに、二人は「結局、青い鳥は捕まらなかったね」と言いながら、長い長い放浪の旅を終えます。

そして二人は寝室で目を覚ますのです。このへんが夢の世界のファンタジーのゆえんでしょう。二人は同じ夢を見ていたとみえて、とりとめのないことを言います。そのうちにチルチルが、ふっと部屋の隅にある鳥籠《とりかご》に目をやります。そこには自分たちがむかしから飼っていた、なんの変哲もない普通の鳥がいます。キジバトとか、そういう鳥なのでしょうか。

ところが、チルチルとミチルの見ている前で、そのふだん見慣れた鳥が青い色を帯びはじめ、どんどん青い光を放って、青い鳥に変身していくではありませんか。二人はびっくりして、「あ、青い鳥はここにいた!」と仰天します。

隣りの足の不自由な女の子のところへもっていくと、たちまちその子の足はなおってしまいます。そして、その青い鳥にどういうふうにエサをやろうか、などと言いながら手に抱こうとしたとき、なんと、その青い鳥はバタバタと羽ばたいて、開け放たれた窓から遠くの空へ逃げ去ってしまうのです。

ここまで読んだとき、私もびっくりしました。もちろん、いちばんがっかりしたのは二人のきょうだいです。

最後の場面は、少年のチルチルが舞台の前に立って、「ぼくたちの青い鳥は逃げていってしまいました。でも、幸福な暮らしにはどうしてもあの青い鳥が必要なのです。だから、あの鳥をみつけた人たちは、ぼくたちに返してください」という、元気のない台詞《せりふ》で幕がおります。

私が驚いたのは、その本のカバー裏に書かれている解説が記憶に残っていたからです。その解説には、こう書かれていました。

「人間のほんとうの幸福というものは、遠く探し求めるものではなく、自分たちの身近かなところにあるものだ、ということを教える教訓的な名作」

私も『青い鳥』はそういう物語だろうと思いこんでいたのです。ところが実際は、すなおにその物語を読んでいきますと、必ずしもそうではないことに気がつかずにはいられません。なぜなら、旅の果てに「しあわせの青い鳥はここにいたのだ」と二人はようやく気づく。しかし、気づいた瞬間その青い鳥はバタバタと羽ばたいて、二人の手を逃れ、遠くの空へ飛び去ってしまうのですから。

メーテルリンクが差し出す大きな謎

私流の読みかたをすれば、この物語は、こういうことになります。人間はいつか、ほんとうの幸福が何か、ということに気づくときがくる。しかし、気づいたときにはもうおそい。真実に気づいた瞬間その幸福は手から逃れ、たちまち失われてしまうのだ。

こんなふうに読むことはまちがっているかもしれません。あまりにも悲観的な読みかたと思う人もいるでしょう。しかし、この物語を現代の私たちの時代にあてはめて考えてみますと、思わずこんなストーリーが頭にうかんできます。

地方の淋《さび》しい村に住んでいる少年がいる。テレビや雑誌を通じて、東京や大都会の華やかな生活を、なんともいえない気持ちで見ている。学校を卒業して自分も大都会へ出ていけば、あんな素敵《すてき》な生活ができるのではないか。そう考えて、やがて実際に東京へ出てくる。

東京で、いろいろなアルバイトをしながら一所懸命《いっしょけんめい》、しあわせをつかもうとするが、うまくいかない。現実はきびしい。そのなかで挫折《ざせつ》を重ね、結局、ふるさとへ帰っていく。ふるさとの山や川、そして幼なじみの友達、家族にあたたかく迎えられ、ああ、ほんとうの幸せはここにあったんだな、地道な生活、労働の喜び、こういうところにこそ、ほんとうの人間のしあわせがあったんだなと、その少年は気づいて、幸せに暮らしました、という物語なら、めでたしめでたしで終わります。しかし、『青い鳥』の物語はそうではありません。

本当の幸福、つまり青い鳥は身近かなところにいたのだと気づいた瞬間、その青い鳥はバタバタと手のなかから飛び去って、あとは呆然《ぼうぜん》としたチルチルとミチルが残されるのです。こう考えてみますと『青い鳥』は、決して幸福を象徴する物語ではなく、むしろとても悲観的な、絶望的な物語ではないかと思えるようになってきました。

私がふしぎに思ったのは、モーリス・メーテルリンクという作家がどうして、明日にむかって希望を持って生きていかねばならない少年少女たちに、そんな人生の苦《にが》い真実というものをあえて語ろうとしたのか、ということです。人生は希望に満ちている、夢は必ず叶《かな》う、頑張って前向きに生きていきさえすれば——こんなふうに普通は少年少女たちを励ますのが常識でしょう。

しかし、『青い鳥』の結末には、何とも言えない苦い味があります。ほんとうの幸福というものは、つかんだ瞬間、その手をするりと抜け出し消え去っていくものだなどということを、未来にむかって旅立っていこうとする少年少女たちに、なぜわざわざ教えることがあったのか。この謎《なぞ》はいまも私のなかで解決できていません。いまもいろんなことを考えています。

人生というのは安易なものではないと教えようとしたのだろうか。それとも、青い鳥のように、一つの切り札さえ手にすれば、すべてのことがうまくいくなどということはないのだよ、と教えようとしているのだろうか。

いろいろ考えるのですが、まだはっきりした結論は出ていません。しかし、ふしぎなことに、『青い鳥』の物語を読んだり『青い鳥』のお芝居を見たりした少年少女たちが、感想として「おもしろかった。楽しかった」と目を輝かせて述べるのです。『青い鳥』の物語は、私たちに大きな謎を差し出します。しかし、その謎には、逆らうことのできない真実味があります。

つかむことができなかった「坂の上の雲」

私たちは戦後約六十年のあいだ「経済大国、技術立国」という大きな目標を掲げて走りつづけてきました。それは青い鳥を捕まえる旅だったような気がします。そしてニューヨークの一部さえ買い取れるほどの豊かさを実現したと私たち日本人が思った瞬間、バブル経済は崩壊し、今日まで何とも言えない不況の時代が続いています。まさに私たちは戦後、青い鳥を探しに出かけ、そしてその青い鳥を手にした瞬間、青い鳥は手もとから飛び去っていった、そのような実感があります。

高度成長のころ、司馬遼太郎《しばりょうたろう》さんの『坂の上の雲』という小説が国民的な大ベストセラーとして読まれました。いまでも読みつづけられています。日本の近代を描いて、あれほどいきいきと、こころ躍《おど》らせる物語はありません。しかし、司馬遼太郎さん自身はバブル経済のころ、あたかも高度経済成長の応援歌のように『坂の上の雲』が語られることを決して喜ばしいとは思っていなかったはずです。「ちがうんだよな」と、苦い口調でつぶやかれたことをおぼえています。『坂の上の雲』という題名は明るい元気な題名であると同時に、背後には苦いアイロニーというものがひそんでいる題名ではないか。

坂の上の花とか、坂の上の果実とか、坂の上の城とか、そういう題名であれば、脱《だっ》亜入欧《あにゅうおう》のかけ声でアジア諸国をごぼう抜きにし、峠のてっぺんに立ったとき、花は摘《つ》むことができる、果実はもぎ取ることができる、城は攻め落とすことができます。

しかし、めざすのは雲です。峠のてっぺんに立ったときに果たして雲をつかめたか。そのとき雲は山のかなたの空遠く、はるか彼方《かなた》にたなびいているだけでしょう。『坂の上の雲』という題名は明るく希望に満ちていると同時に、何とも言えない悲哀を感じさせる題名でもあります。雲はつかむことができない。結局、それをめざして登っていっても最終的に到達することのできない目標、という苦い思いが背後に流れているからです。

考えてみますと、私たちはいつも青い鳥を求め、手にしたと思った瞬間それを失う。そういう歴史をくり返してきました。個人の生活でもそうです。何か一つのものさえ実現すれば、すべてが叶うということなどはない。経済的発展を実現し、モノが豊かになれば、こころもそれにともなって自然と豊かになってくるであろう、文化も成熟するであろう、今もそんなふうに考えているとしたら、まさしく私たちは青い鳥にすべての夢を託した失敗をくり返すことになるかもしれません。

人の世のせつなさを嚙みしめて

幸福、という言葉は、明るいしあわせなイメージがあると同時に、ある種の悲哀をかくしています。ヨーロッパに「人はなぜ、失われてゆくものを愛するのだろうか」という言葉があります。永遠に手もとに残って確実にまちがいないと思われるものを、人びとは愛さない。いつかそれが失われていくのではないか、いつか手もとから飛び去っていくのではないかと思えるものを人は一所懸命に愛そうとする。

このことを考えますと、人間が生きていく上で、喜びや、勇気や、元気や、そういうものとはうらはらな、かすかに背後を流れている悲哀というものもまた人生の真実として認めなければならないのでしょう。そういうものを認めない一元的な世界は、必ずバタバタと手もとから逃げていく幸福にちがいありません。

万葉の歌人、大伴家持《おおとものやかもち》は、こんなふうに詠《うた》いました。

うらうらに照れる春日《はるび》にひばりあがりこころかなしもひとりしおもへば

中学生のころ、はじめてこの歌を教わったときには、どうして「こころかなしも」なのかがよくわかりませんでした。もちろん万葉の時代の「かなし」という言葉は、いまの「かなしい」という表現とはちがいます。それは〈いとし〉とも結び付いており、天地万物の情感がしみじみと体に染み通ってくる表現であることはわかります。しかし、やはり「かなし」の語感には、悲哀というものが流れています。歌人の人生に痛ましい事態が生じていたこともあるでしょうが、それだけではありません。ここにはやはり春の日を前にしての人生の無常感が流れています。うらうらと晴れた日、青空に若いひばりが元気に鳴きながら舞いあがっていく。そして野にはあおあおと草が茂っている。そういうのどかな世界を眺めながらも歌びとのこころには、この春もあっという間にすぎ去り、やがて夏になり、夏がすぎれば秋が来、そのあとには雪が降り積む冬が来るであろう、というような季節の移り変わりが迫ってくるのです。

元気よく空高く舞いあがるひばりも、やがては老いて飛べなくなる日が来る。これを眺めている自分もそうだ。自然も移ろい、自分も移りゆく、あと何度この春の景色を眺めることができるのだろうか。こういうふうに感じたとき、そのこころのなかに染み通ってくる感情は、失われていくものを「いとし」と思うと同時に、そこはかとなき重い悲哀の感情であったにちがいありません。

人間が生きるということは希望と喜びに満ちていると考えるのは大事です。それと同時に、人の世はなんとせつないものだろうとか、人が生きていくのはなんというかなしいことだろうという思いを、ひそかに噛《か》みしめることもまた、人間的に生きる上で大事な気がします。その二つのあいだから、生きるちからというのは滲《し》み出してくるのであろう、どちらか片方だけにすがって生きていこうとするのはとても難しいことではないか、そう考えるようになりました。

第十一章　寛容と共生の世紀へ

信仰が混在した日本人の宗教生活習慣

私たちが子供のころ、普通の家には必ず神棚《かみだな》と仏壇《ぶつだん》との二つがあったものでした。植民地に住んでいた私たちの家もそうでした。そして、両親は真宗の家に育って、時どきは仏壇の前で『正信偈《しょうしんげ》』を唱えるようなごく普通の人たちでしたが、一方で神社参拝などにも欠かさずに出かけていきました。

父は師範《しはん》学校の教師で、『歎異抄《たんにしょう》』や『出家とその弟子』などを愛読する一方で、平田篤胤《あつたね》、本居宣長《もとおりのりなが》、賀茂真淵《かものまぶち》などといった国学者たちの本も熱心に読んでいました。国漢、つまり国語と漢文の教師という職業柄だったのかもしれません。

しかし、一般にその当時の日本人が、神仏混交《しんぶつこんこう》といいますか、そういう暮らしのなかにいたことは否定できないと思います。

郷里の村には鎮守《ちんじゅ》の森があり、そして集落にそれぞれお寺がありました。しかしいま、都会の団地などでは仏壇と神棚と両方を置くというような空間は、なかなかとれないようです。

とはいうものの実際には、若い人たちは教会で結婚式を挙げ、バレンタインデーにはチョコレート屋さんの前に行列をつくり、クリスマスにはプレゼントを探して街をかけめぐる、そんな暮らしが普通になっています。

その一方で、正月三が日に明治神宮を訪れる人びとの数は三百万人をこえています。二番目が成田山の新勝寺《しんしょうじ》で、今年は二百六十五万という人出だったそうです。

結婚式は教会で挙げ、お葬式は寺で、というこのような日本人の宗教生活習慣はよく「シンクレティズム」という言いかたで表されます。

この「シンクレティズム」とは、必ずしもいい意味の言葉ではありません。「神仏混交」とか「神仏習合《しゅうごう》」とか「諸説混合《しょせつこんごう》」といった意味で、ちがったものが混じりあって、区別がつかないというような意味で使われます。

おそらく欧米でいう「シンクレティズム」という言葉は、かなり否定的な意味を含んでいるのではないかと思います。

ひと筋の正しい信仰、純粋な信仰というものとちがい、いろんなものが混じりあって混在している。一貫性がない。そんな意味で「シンクレティズム」という言葉は、なにがしか、未開社会の慣習、宗教文化のおくれた形式に用いられているような感じがあります。

しかし、よくよく考えてみますと、すべての文化というものは必ず習合しミックスし、そして発展していくものではないでしょうか。

何年か前から私は、二年間に百の寺を回るという計画を立てて、ようやく終わったところなのですが、日本中の寺を回って意外に思うのは、ほとんどの寺の一画に、小さな祠《ほこら》や社《やしろ》や神社などがひっそりと同居していることです。

もちろん、真宗の寺のように真摯《しんし》な「弥陀《みだ》一仏《いちぶつ》」の信仰を守りつづけている宗派もあります。門松は立てず、七五三にも行かないという、そのような門徒の家が今もたくさんあるのです。

とはいえ、私たちの生活そのものが、すでにさまざまな形でミックスし習合していることは否定できません。

文部科学省が小学生からの英語教育を検討しているという新聞記事を読みました。

そうか、いずれはローマ字が漢字のように私たちの日本語の文章のなかにミックスされるのか、と複雑な感情を抱きました。

たとえば、自分の名刺を見てみます。「五木寛之」というこの字は漢字です。漢字というのは言うまでもなく中国渡来の外国文化です。名は体《たい》をあらわすといいますが、私たちは中国の文字で自分の名前を表記しているのです。

そして、私たちの書く文章は漢字にひらがなが混じり、そこにカタカナがはいり、時としてローマ字が加わります。まさに内外混合の文体で文章を書き、さまざまな古典や名作もそのようにミックスした文章で書かれてきました。

もちろん、なかにはひらがなだけで歌を書いたり文章を書いたりする人もいないではありません。しかし、私たちが読む新聞から教科書にいたるまで、ほとんどはそのように、漢字、ひらがな、カタカナ、ローマ字の混合体で書かれています。古典文学をはじめ、近代の漱石《そうせき》、鷗外《おうがい》、荷風《かふう》などすべての名作も、この形式で書かれてきました。これを否定することは、日本の文芸や文化の伝統を否定することにもなりかねません。

漢字が私たちの生活のなかにここまで深くはいりこんできたのは、かつて日本が古代中国の大きな影響のもとに発展してきたからでしょう。当時のグローバル・スタンダードは中国や朝鮮から渡来した文化だったのです。

言葉と文章は民族の「たましい」の表現です。私たちはすでに漢字、英語、カタカナ、ひらがな、などの表現、それらをミックスした文化というものをつくりあげてしまっています。そのなかで、いまの日本人は精神的成熟を遂げてきたのです。

考えてみますと、宗教も人間文化のひとつであり、その宗教がさまざまな形で影響を及ぼしあうということは、ごく自然なことのように思われます。

しかし、近代の世界は、欧米の一神教的な文化の大きな影響のもとに成り立ってきました。

そしていま、一神教的な文化自体が激しく対立し、そのなかで多くの人びとのいのちが失われています。

キリスト教、イスラム教、ロシア正教、またヒンドゥー教とイスラム教の対立などもありました。

前にものべましたが、数年前に話題になったハンチントンの有名な予言に、「二十一世紀は宗教の対立と民族の対立の時代となるだろう」というのがあります。あまりにも大ざっぱなまとめかたのような気がしますが、そこには否定しきれないリアリティーもないわけではありません。

いま、私たちは宗教と民族との対立と衝突の時代のまっただなかに生きているといっていいでしょう。

「シンクレティズム」の可能性

ところで私たち日本人には、「神も仏も」といった自分たちの生活習慣を、こころの底で恥ずかしく思っている心理が見られます。とくに知識人層にはつよいようです。明治初年以後の神仏分離令という国の方針によって、私たちはますますその感覚を強くさせられてきたのです。

何よりも明治以来、ヨーロッパ、アメリカの先進文化をお手本として、この国づくりを行ってきたという歴史のなかで、圧倒的な一神教文化の影響が、私たちにシンクレティズムというコンプレックスを植えつけてきたと言っていいでしょう。

しかし、いま、時代はハンチントンの予言をくつがえす方向へ動かざるをえません。そこでは対立ではなく、「共存」と「共生」ということがつよく求められているからです。

ふり返ってみますと、宗教の歴史は決して対立と衝突の歴史ではありませんでした。インドでも、かつてヒンドゥー教と仏教とイスラム教の教徒たちは、同じ生活圏で仲良く共存していた時期が長くあります。

ボスニア・ヘルツェゴビナのサラエボには、イスラムのモスクと、キリスト教の教会と、東方教会の寺院と、さまざまなものが小さな町のなかに背中あわせにそびえていました。

いまは激しい対立のさなかにあるエルサレムもそうです。キリスト教とユダヤ教、そしてイスラム教、それがひとつの地域のなかに、それぞれ長いあいだ共存してきたのです。

かつて、西日本で、フランシスコ・ザビエルの宣教以来、キリスト教が燎原《りょうげん》の火のようにひろがった時代がありました。

長崎地区だけでなく、九州からいまの山口県のあたりまで、西日本一帯に大きなキリスト教の文化の全盛期があったのです。

そのように、外来の信仰であるキリスト教が、多くの人びとのこころを捉《とら》えたのは、初期の伝道が神やマリアを日本の仏教の仏たちになぞらえたり、あるいは日本の風土に逆らわないような習合を試みたからだと思われます。

もしも原理主義的に厳しい純粋な一神教を当時の日本人に押しつけようとしていたら、あれほどひろがりはしなかったにちがいありません。

日本人は本能的に、自分たちのその大ざっぱな感受性を、うしろめたく思っているところがあるようです。しかしそれは、ひょっとしたら二十一世紀にむけての大きな可能性なのではないか、という気がしないでもありません。

一向一揆《いっこういっき》の時代でも、「諸神諸仏菩薩《ぼさつ》を軽んずべからず」と、くり返しリーダーたちは戒めていました。自分の信仰だけをよしとする気風を「本願《ほんがん》ぼこり」と言って嫌ったのです。そこには、やわらかな「共生」の感覚があります。

世の中にたくさんの女性がいる。だけど、自分の母親はただひとり、こういうふうに考えることは不自然でも何でもありません。

自分がたったひとりの母を愛することと、他人の母親たちを粗末にしないこととは、まったく自然な感覚ではないでしょうか。

これまで日本人がそのことを劣等感として抱いてきた「神仏混交」あるいは「シン

クレティズム」「信仰上のあいまいさ」というものを、私たちはひとつの豊かな精神的な感性として磨きあげ、さらに深い信仰の思想に練りあげていかなければなりません。そうできれば、いまの世界に対して日本が発言できるひとつの立場となるのではないかと思うのです。

「アニミズム」には二十一世紀の新しい思想の可能性が

もうひとつ、日本人の自然観は「アニミズム」と言われています。アニミズムとは、木にも草にも虫にも、山にも川にも、ありとあらゆるものに「魂《たましい》」があり、そしてそれを「生きている」と感じる原初的な感覚といわれています。文明が発達する以前の「未開人の感覚」というようなニュアンスがそこにはあります。

たしかに、日本人には、おのずと自然のすべてに生命を見いだし、そこに「いのち」や「たましい」を感じる感覚があります。

仏教では、「山川草木悉有仏性《さんせんそうもくしつうぶつしょう》」という言葉があります。山にも川にも、草にも木にも、虫にも動物にも、すべて「いのち」があり、生命の輝きがある、という教えです。

こういう感覚は、近代の欧米の人間中心主義とは、どこか相《あい》いれないところがあります。

ヒューマニズムは偉大な思想ですが、それは人間の世界だけに及ぶ光だと言っていいでしょう。

人間中心主義からはじまる環境保護運動には、なんとなく私たちの気持ちにそぐわないところがあります。それは、人間という存在が、この地球上で至上の価値を持っており、人間の生活が何よりもいちばん大切なものだという傲慢《ごうまん》な考えが土台にあるからです。

これ以上、山の木を伐《き》り、海を汚し、空気を汚染させていけば、地上でもっとも大切な人間の生活そのものが危うくなる。だから、もっとわれわれは自然を大切にしなければならない、という論理がそこにはあります。このような環境問題の思想は、すでに行き詰まっていると思います。

京都での環境会議（地球温暖化防止京都会議）が壁にぶつかったのも、いちばん大事なところで感覚の相違があったからにちがいありません。

そうではなく、これからの環境問題というのは、人間の生命《いのち》と同じように、他のすべての自然に生命がある。それぞれが尊い存在である。だから、同じ生命を持つ存在として「共生」しなければならないと考えるべきでしょう。畏敬《いけい》の念や、思いやりや、愛情や、そういうものがそこに必要なのです。だから自然を破壊しつくしてはいけない、と。

人間の勝手気ままな経済や商業のために自然を犠牲にすることなど、あまりにも人間中心主義の極みではないでしょうか。

むかしは、「蚊取り線香」と言わずに、「蚊やり」という優しい言葉もありました。「無益な殺生《せっしょう》はしない」というのは日本人のこころの底にあった自然と共生する感受性です。山を「お山」といい、「六根清浄《ろっこんしょうじょう》」ととなえながら山にもうでる。

畑を耕すときに、ミミズやその他のたくさんの虫のいのちや雑草のいのちを奪う。そのことに対して「供養《くよう》する」という習慣も農村にはありました。

この日本人の持っている自然に対する感覚、これをひとことで「アニミズム」というような言葉で呼んでしまうのは、どこか納得のいかないところがあります。それは「アニミズム」という言葉に文明の発達途上の、あるいは発達以前の土俗的な感受性、というようなニュアンスが感じられるからです。

しかし、あえてここで、自然に対して畏敬の念を抱くこころ、自然に対して傲慢《ごうまん》にならない感覚ということを「アニミズム」という言葉であらわすとすれば、ひょっとするとアニミズムは二十一世紀の新しい思想ではないか、とも考えられてきます。いま、牛や鳥や魚や、いろんな形で食品に問題が起こっています。それは私たち人間が、あまりにも他の生物に対して傲慢でありすぎたからだ、という意見もようやく出てきました。

私たちは決して地球のただひとりの主人公ではない。他のすべての生物と共にこの地上に生きる存在である。その「共生」という感覚をこそ「アニミズム」という言葉で呼びなおしてみたらどうでしょうか。

「寛容」による他者との共生

そしてもうひとつ、ここに大切な言葉があります。それは「寛容《かんよう》」という言葉です。これは「トレランス」というふうに言われます。

一時期、少し以前のドイツで、外国人労働者を排撃しようというネオナチの運動が盛んだった時期がありました。トルコ人の労働者の宿舎を襲撃したり放火したりする事件が相次ぎました。そのときのネオナチのリーダーの言葉が印象に残っています。彼はこう言っていました。

「人間には免疫《めんえき》という働きがあるだろう。免疫というのは、自己でないものを拒絶する働きなのだ。だからわれわれは、ドイツ民族でないものを拒絶する。それは、神から与えられた人間の自然の正しいありかたなのだ。人間にそなわった免疫という働きがそれを証明しているじゃないか」

しかし、私たちはいま、「免疫」というものが、そんな古い感覚で見ることのできないものであることを知っています。

二十世紀の後半、免疫は医学や医療の世界でも最先端の学問になりました。そのなかで新しい発見がたくさんありました。

これまで免疫の働きといえば「拒絶反応」とか「抗体をつくる」とか、そういうことだけで考えられていたのですが、そのなかで新しく「トレランス」という考えかたが導き入れられてきたのです。

たとえば、母親にとって胎児は、遺伝子的には「異物」です。自己ではありません。その「非自己」を胎内に抱えながら、胎児を拒絶しない、拒絶反応を起こさない。それはなぜか。免疫の働きのなかに「トレランス」「寛容」という機能もまたあるからなのです。

この「拒絶」と「寛容」の二つの立場を見ることで、免疫というものが新しくクローズアップされてきました。

ネオナチのリーダーが言っていたのは十九世紀的な古い免疫の考えかただ、と言わざるをえません。

私たちはいま、自己でないものと、どれだけ寛容にそれと共生することができるか、ということが問われているのではないか。

宗教と民族、そして人間と自然、このあいだにいい関係をつくっていき、共にいたわりあいながら共生していく。そのために、日本人が長いあいだ無意識にこころに抱きつづけてきた自然への考えかた、また、神や仏への感受性、あいまいさと感じられていた日本人の感覚が、むしろ二十一世紀の世界のひとつの希望の糸口になる可能性はないのか。

私は、そのことをずっと考えつづけてきました。そして、たしかにその道はあると、いま確信しています。

日本が世界にむけて発信できるのは、必ずしも近代工業の技術とか、伝統芸能とか、そういうことだけではありません。私たちの持っているおのずからなる「共生感覚」「シンクレティズム」、そして自然を思いやる「アニミズム」、こういうもののなかから、それを磨きあげることで、世界に差し出す宝石のような、大事な精神的資産があるのではないか。そんなふうに考えるようになってきました。

ここまで、雑然とした形で「いまという時代を生きるちから」を探してきましたが、最後に、この「日本人の持っているちから」を信じ、それを伸ばしていくということこそ、いま私たちが世界に生きていくエネルギーの源《みなもと》ではないか、と考えているところです。

【スペシャル・インタビュー】

ぜいたくは「生きること」の中にこそある

思わず「ありがたい」とつぶやくとき

戦中戦後という、いわば非常時《ひじょうじ》に少年時代を送りましたから、いまでも僕にはその後遺症《こういしょう》があります。

戦時中は「ぜいたくは敵だ」という思想だったし、戦後は戦後で、ぜいたくをしたくてもできなかった。そうした少年期までの経験は決定的なメンタリティーになっています。

ですから僕はいつでも一瞬にして敗戦、引き揚げ、焼《や》け跡闇市《あとやみいち》という時代に回帰することができる。そのことは実に幸せなことだと思いますよ。

人の記憶は時間とともに薄《うす》らぐというけど、決定的な記憶が原点にあって、行動の基準から評価の基準までの物差《ものさ》しになっている。そうするといまの暮らしのあらゆることが幸せであり、ぜいたくであり、なんて楽しいのかと思えるわけです。たとえば食べる、飲む、寝る、起きる、呼吸するといった、生きるうえでの根本的なことにしてもすべてそう。

敗戦後、現在の北朝鮮のピョンヤン（平壌）を脱出して三十八度線を徒歩で越え、当時は南側だったケソン（開城）の米軍キャンプに収容されたのですが、そこでは体を伸ばして寝られなかった。狭いテントの中に折り重なるように詰め込まれているわけですから。エビのように体を曲げてはいるけど、それでも隣の人の体に足が乗っかってしまうような状態です。

足を伸ばして寝たいと、どれだけ思ったことか。それからすれば、旅先のビジネスホテルの狭いベッドでも、両手両足を伸ばし、一人でその場所を占領して寝られるわけだから、思わず「ありがたい」とつぶやいてしまう。雨露《あめつゆ》がしのげ、安心して眠る空間があり、そこで朝まで自分ひとりで寝ていられるというぜいたくを感謝するしかありません。

寝ているあいだに夢を見るということも素敵なことです。

現実の世界ではありえない冒険をやらかす。超現実的な世界をエンジョイできるというのも、実はすごく幸せなことなんですね。僕はいい夢を見ようと、子どものころからずいぶん努力してきた。

むかしから活字が好きでしたから、ピーターパンから猿飛佐助《さるとびさすけ》まで、布団《ふとん》の中で懐中電灯を照らして読んでいた。そして寝るとき、その物語の続きを夢で楽しもうとしたんです。

人間は、意図していい夢を見ることができる。戦争中など、甘いお菓子を猛烈に食べたいと思う。だからお菓子が夢にでてくるのですが、残念なことに食べる直前に夢から覚《さ》めてしまう。

ところが練習を重ねると、夢から覚める時間を延ばすことができる。未熟なうちは、パクッと口に入れる直前に目が覚めてしまい地団駄《じだんだ》踏《ふ》むんだけど、やがて口に入れるところまで見られるようになるし、さらに噛《か》んだり、甘さを味わうところまでいける。

つまり夢を鍛えるというか、意志的にいい夢を見ようとすると、夢の世界を延長していくことができるんです。夢が好きだから、子どものころから趣味としてやってきましたが、これはそうとうなところまでいきますね。

そして目が覚め、起きて水を飲む。水を飲んで「うまい」と感じる状態は、体のコンディションもありますが、水に対する感覚を養っておかなくては得られない。

いまはいろんな水が手に入りますから、何種類か買ってきて、ブラインド・テイストで飲んでみる。そうすると水に対する舌の感覚、体の感覚がどんどん敏感になります。ボルヴィックとエビアンのちがいくらい簡単にわかるようになる。

水のうまさを味わうためには、味わおうとする謙虚な心、水のありがたさを感じる心といってもいいかもしれないけど、そうした心がなくてはいけない。そして舌が敏感になると、いろいろな土地で飲む水のうまさやちがいもわかってくる。天然水ばかりでなく、水道水にしても、京都の水道水と大阪の水道水はちがうし、東京でも下町と山の手では水源が異なるから味がちがう。地方によっては売られているミネラルウォーターより、よほどうまい水道水があったりします。

水を味わう——ただそれだけのことですが、水一杯飲むのが容易でなかった時代があるわけです。グルメがもてはやされたりしているけど、僕はもっと根源的に、ものを味わう喜びを大事にしたい。

水であったり空気であったり、そのうまさを感じられることは、高価なものを食べるとか、高級レストランに行くとかということと比べると、喜びの深さがちがうと思うのです。

二年間で百の寺を回るという「百寺巡礼」はハードワークでしたが、寺のあるところはだいたい空気がきれいなんです。

四天王寺《してんのうじ》とか街中にある寺は別ですが、寺は山の中にあることが多い。そして寺の近くにはかならず森林があるから空気が澄んでいて、そのおいしさがよく感じられます。

聖地でエネルギーを感じる喜び

それに寺をめぐっていると、時空を超えるというぜいたくも味わえる。漢方、とくに鍼灸《しんきゅう》や整体で経絡《けいらく》といいますが、人の体には気が流れる道筋があり、要所要所にインターチェンジのようなキーポイント、つまりツボがある。そこに灸《きゅう》をすえたり針を打ったりして、気に刺激を与える。

その経絡的なものは、生きている地球にもあり、当然、日本列島にもあるというのが僕の考えなんです。

そういう視点で見ると、建立《こんりゅう》されて千年以上経《た》っている寺は、日本列島の経絡のツボにあたる部分に存在していることがわかる。どこもスピリチュアルで、エネルギーの強い場所です。

古い寺はいきなり建ったわけではない。建つ以前に、お堂や祠《ほこら》があったり、小さな社があったりした。あるいは葬祭の地だったりした。高野山《こうやさん》は空海《くうかい》が開いたといわれていますが、あそこは空海以前から聖地として信仰されていた場所なんです。骨上げといって、地元の人たちは死んだ人のお骨を高野山に納めたり遺棄してきた。だから白骨が累々《るいるい》と山積みになっていて、そこは修験道《しゅげんどう》の場でもあり、また民間信仰の地でもあった。

そこに狩場《かりば》神社という明神《みょうじん》ができ、空海も最初そこに行ったときには、お寺ではなく、まず狩場明神という神社を建てた。そのあとに地主神に仁義を切って寺を建てるのです。

ですから日本の聖地といわれるところは、非常にスピリチュアルで、強い気を吐き出し吸い込んでいるという、そういうものが感じられるんですね。

聖地の一角に立つと、ものすごいエネルギー、一種の波動のようなものが足元から伝わり、同時に頭上から降ってくるという感覚を味わう。森林浴のように、心底、体がリフレッシュされるのを感じます。そういう力を古代人も感じていたから、そこは聖地となったのでしょう。その場所に自分も立ち、古代人が感じていたエネルギーを味わうということ、これもそうとうぜいたくなことです。

太宰府《だざいふ》に観世音寺《かんぜおんじ》という七世紀に建てられた古い寺がありますが、千三百年以上前に造られた日本最古の梵鐘《ぼんしょう》がある。その鐘を突かせてもらったのですが、その音は千三百年前の音なんですね。

菅原道真《すがわらのみちざね》なども朝な夕なにその鐘の音を聞いていたにちがいないと思うと、千三百年という時間が一瞬にして逆回転して、一帯の光景がよみがえってきて、何ともいえない、いい気持ちになった。自分が一瞬にして七世紀の人間になったような錯覚に陥りました。

三朝《みささ》温泉近くの三佛寺《さんぶつじ》に行ったときは、橡《とち》の木が密生している山を見ました。在りし日の日本列島は橡とかドングリが密生していて、橡は日本人の大事な食料源だった時代があった。

橡の実は見事ですよ。美しいし、木も立派です。味もいい。僕は橡餅《とちもち》が好きで、よく食べるのですが、椽の木が密生した光景を見ると、日本列島全体が照葉樹林《しょうようじゅりん》に覆われて、人々が椽の実を食べていた時代があり、それをまた自分が食べていると思うと、人生は短いけれど、それが五百年にも千年にも延長された感覚になる。永遠の時間の中に自分がポッンと生きていて、人間の寿命を超えた生命につながっているという感覚が生じる。こういうことを感じる喜びはお金で得られるものではありません。

正しい呼吸をしたときの爽快感

呼吸は人間が生きるための基本の活動です。人は食べ物を食べなくても、水を飲まなくても三日くらいは死なないけれど、呼吸は五分止めれば死にます。その呼吸を、自分はしているということを体で感じ、しっかり認識することは、生きていることそのものの確認なんです。

「禅はつきるところ呼吸法だ」といった禅の導師《どうし》がいましたが、呼吸は自律神経の働きです。

自律神経は人の意志と関係なく行われている生理的活動をコントロールしていますが、その中で呼吸は、人が意識的にコントロールできる数少ない活動です。

悟《さと》りを啓《ひら》いたブッダは、さまざまなことを弟子たちに伝え、それが弟子たちによって経典になっていきますが、お経のなかには正しい呼吸について書かれたものがある。ブッダは、人生は空であるとか苦であるとかを説いただけでなく、どういうふうにすればよりよく生きられるかということを説き、そしてよく生きるためには正しい呼吸をしなくてはならないということも伝えたのです。

多くの健康法は、実は呼吸法だといってもいい。白隠禅師《はくいんぜんじ》とか貝原益軒《かいばらえきけん》といった養《よう》生《じょう》論の人たちもみんな呼吸法を見つけています。大正から昭和にかけては岡田式静座呼吸法などが登場し、呼吸法は繰り返しブームになり、現在は明治以来四、五回目の呼吸法ブームなんです。

呼吸ですから呼が先です。吸はあとからついてくる。ラジオ体操で、吸って吐いてなどとやっているのはまちがいで、たとえば出船入船、貸し借り、英語のギブアンドテイク、すべて出すほうが先なんです。

正しく息を吐ききって、横隔膜《おうかくまく》をきちんと下腹部でブレスすれば、あとは放っておいても息は流れ込んでくる。

こうした正しい呼吸を行っているときの心の落ち着き、爽快感《そうかいかん》には、えもいわれぬぜいたく感がある。

いまの子どもたちには食育が大事といわれているけれど、まずそれよりも先に正しい呼吸を教えたほうがいい。正しい呼吸をすることは大切なことです。きれいな空気のもとで、たっぷりと息を吐き、そしていい空気を吸い込む。人間の生命の基本の運動です。

その運動をする肺には、上肺・中肺・下肺があるのですが、現代人は上肺でしか息をしていない。その状態を〝肩で息する〟というのです。

現代人は、おそらく呼吸本来の三分の一くらいで済ませている。子どもたちもそうです。息が短く浅い。

深くたっぷりとした呼吸で、空気を十分吐ききり、そして空気の中のエネルギーを全身に取り込んで、止息といいますが一瞬止めて、吸い込んだ酸素を体中の血液に溶け込ませ、全身に配分させてのち炭酸ガスを吐き出す。

ですから一日に何度も溜《た》め息《いき》をつくということはいいことなんです。「あーあ」と大きな溜め息をつくことは、深く大きな呼吸をしていることになるし、緊張している自律神経を休めることにもなるのです。

生きることそのものをエンジョイする

これは趣味の問題であると同時に、命とは何かということを考える思想の問題なんです。宇宙の中の一環としての自己というものを意識するというアイデンティティーの問題。

体操思想家で芸大の教授だった野口三千三《みちぞう》は「自分探しは近代の病いである」といい、そして自分とは「自然の中の一部分」であるといった。自と分で「自分」だと明快にいいきるのですが、そう考えると、大勢の人が模索してきた〝自己とは何か？〟という問題は単純明快になる。

そうなると、食べる、水を飲む、息をする、眠る、夢を見る、歩くといった、ごく当たり前の人間の活動ひとつひとつに喜びが感じられるし、そしてとてもぜいたくなことがひそんでいるんだと感じられてくる。

若いときは感じなかったけれど、自分の歯でものを嚙《か》んで食べられるぜいたくにも感謝しなくてはならない。ふつう人間の歯は、親知らずなどを除けば二十八本ですが、自分の歯が何本残っているのかということは確認すべきです。

僕は二十二本残っています。二十二本残っていて、その歯でセンベイのような硬いものを嚙み砕けることはたいへんありがたい。うまいまずいよりも、自分の歯で嚙んで飲み込めるという喜びがあります。

嚙むということにも工夫がいるのです。正しく嚙むためには、左右均等に嚙む、どちらかに片寄ってはいけない。

そして、よく嚙んで食べているだけじゃだめなんだ。消化器官である胃は、釘《くぎ》をも咀嚼《そしやく》するくらいの強い消化力を本来備えている。動物が獲物を飲み込むように食べても、ちゃんと消化するように、ものすごく野性的なんです。だから、よく嚙んだ流動食のようなものばかり胃に送り込んでいると、胃本来の野性が衰え、仕事を怠けるようになる。

僕は週に五日はちゃんと嚙んで食べるけれど、二日はあまり嚙まずに飲み込むように食べる。胃に「オマエ、がんばれ」「仕事忘れるな」とエールを送りながら。よく嚙んで食べると同時に、胃に活力を与えるような乱暴な食べ方もしなくてはいけないのです。

立ち居振舞いにしたって、体にとって心地いいものがある。

たとえば歩くということは基本的に体重移動です。その体重移動がなめらかになる歩き方というものがある。いまは腰を痛めている人が多いけど、立ち方座り方がまちがっているからで、腰は曲げるものではなく、昔から折る、あるいは落とすといわれている。曲げるのは膝《ひざ》です。

床に落ちているものを拾うときは、膝を曲げ体はまっすぐにしたまま腰を落として拾わなくてはいけないのに、膝をつっぱったまま腰を曲げるから腰を痛めるわけです。こういうことを知って実行することは楽しいし、気持ちがいいことなんです。

正しく息をする、正しく食べ物を噛む、気持ちのいい姿勢で歩く、よく眠る、夢を見る――そのための工夫をしていけば、生のありようはどんどんよくなっていく。

無意識で行っていることを意識化する。同時に意識してやっていることを無意識化していくことも大事です。

だからものを考えることも大事だし、放念《ほうねん》といってものを考えない、考えることをやめることも大切なんです。

スピリチュアルな場所に立って、強いエネルギーを体で感じるときは、「なんで？」とか思わず、「ああ、ありがたい」と無条件に思えばいい。

その意味で人生は喜びに満ちている。その喜びを発見していくか、見過ごしてしまうかなんだ。

気持ちよく生きる、生きていること全体をエンジョイできることがいちばんのぜいたくなんです。

養生して、そして天命に従う

そして最後は天命によって死を迎える。

人は生まれながらに病気だというのが僕の考えです。死という病いのキャリアであり、いつかはそれが発現するのだから、健康なんてありえない。病んだ体というものを背負いながらエントロピーをどう延長していくか、いい方向に向けていくのかというのが、古いことばだけど「養生」です。

僕はもう五十年以上病院に行っていません。検査も受けないし、注射一本しないできました。

人の命は天命であり、それに従うという気持ちがあるからです。早期発見ほど不幸なことはないと思っている。ガンだろうが、何だろうが末期に発見されたい。「あと三カ月です」といわれれば、こんなにうれしいことはない。いろいろ整理する時間があるわけだから。

病院嫌い、医者嫌いというのではないですよ。逆に僕は医学に興味があって、いろいろ勉強していますが、それと治療は別で、治療というものは火事になってから消火器を買いにいくようなものだと思っています。

治療に至らないための養生はするけど、大事が起きたとき、それは天命であって、雷が落ちたときはもう消火したくない。

少年時代は戦争で死ぬということが前提だった。少年飛行兵になって、特攻隊として死ぬという予感があった。航空母艦に突っ込んでいくとき、逃げたりしないだろうかと毎日考えていました。

毎日考えているのと、考えていないのでは、いざというときの対応がちがうと思います。

その意味で、死の練習はちゃんとやっておかなくてはならない。そのおかげでじたばたすることなく天命を迎えられたら、それもかけがえのないぜいたくだろうと思います。

文庫版あとがき　いまを生きる

「われ思う　ゆえにわれ在《あ》り」

とは、近代の思想の出発点であった。そのことは認めざるをえない。

しかし、私の心のなかには、ずっと長く、その定義に対する疑念がわだかまっていた。

「われ在り　ゆえにわれ思う」

そう感じることが、しばしばあったからである。

人間的価値、とはなんだろう。知性を有するということだろうか。思惟《しい》する、という一点において、他の動植物とはちがう価値をもつのか。

植物は、はたして考えることをしないのか。動物には知性はないのか。

私はなんとなく、人間以外の生物にも知性や思考などと同じくらいの精神活動が存在するように感じることがあった。

それは思考や知性より、さらに大きな生命のはたらきである。しばしば、「知」「情」「意」という世界が論じられるが、それはそれぞれ全く別世界のものではないような気がするのだ。

そのすべてをふくむ生きた精神活動がある。思惟することは、決して冷めたい知性のはたらきではない。数学にも、統計にも、物理学にも、人間の情熱や夢や希望が切りはなちがたくからみあっているのではないか。

思考することは、生命のはたらきの一つの側面であって、それが存在証明ではないと思うのだ。

「山川草木悉有仏性《さんせんそうもくしつうぶつしよう》」とは、古い仏教の思想である。「草木国土悉皆成仏《しつかいじようぶつ》」というのもそうだ。仏性がある、というのは、そこに智慧《ちえ》とか、叡知《えいち》とかよばれる高い精神活動がはたらいている、ということだろう。

要するに、草も、木も、犬も、魚も、すべての生命あるものには、思惟以上の何かがあると考えるほうが自然に思われるのである。

「われ思う　ゆえにわれ在り」

と、いう言葉には、これまで神や教会の権威のもとに雑草のように、虫けらのように扱われてきた人間の、闇をひらく人間宣言のような輝きがある。

神が造りたもうたからわれわれが在る、のではない。「われ思うゆえにわれ在り」なのだ。

その希望と自信にみちた革命的宣言によって、私たちは自由と自信をもって世界を切り開いてきた。その柱は科学であり、武器は技術だった。

自然開発、という行為が、地球を一変させた背景には、その自信にみちた人間宣言が不可欠だったのである。

むかし、パラダイム、という言葉が流行《はや》ったことがあった。コンセプト、などという表現がしきりに使われた頃のことである。

最近では、モチベーション、などという言葉も、いささか古びた感じで流通している。

こんなに言葉や表現を変えてみたところで、現実は変らない。

いっそ古い昔から使われてきた言葉を使ったほうが、ズバリ物事の真実を言い当てているような気がする。

例えば、

「サブプライム・ローン」

いろんな訳し方がある。「貸してはいけない人へのローン」などともいわれるが、要するに「ねずみ講」である。

「ねずみ講」というのは、加入者をネズミ算式に拡大、増加させることで利益を配分しようという金融システムである。

ひとつがいのネズミがいる。これが一月《いちがつ》に十二匹の子を生んだとする。ネズミは多産だから、ありうる話だ。

さらに二月に、親子がそれぞれ十二匹の子を生むとする。三月、四月とそれをくり返していくと、十二月にはどうなるか。

2×7^{12}の算式により、なんと276億8257万4402匹の数になる、というような計算のことを「ネズミ算」という。

倍倍ゲームのさらに上をゆく発想だが、それを理論化して金融工学を打ち立てた金もうけの秀才たちがいた。

サブプライム・ローンについては、最近あちこちで関連図書や批判・解説などがかまびすしい。

「バブル経済はなぜ崩壊したのか」

と、いう本が、バブルの崩壊後にいっせいに書店に並んだことを思いだす。

「日本はなぜ戦争に負けたか」

と、いう戦後の評論と似たようなものだ。

そこで解析されていることは正しくても、要するに専門家は常に「後出《あとだ》し」なのである。

戦争の最中に、「日本は負けるぞ」と、なぜ言ってくれなかったのか。言論の自由がなかったから、というのは、言い訳にすぎない。軍や特高警察に捕まって獄死したとしても、それは言うべきだった。

バブルの罪は、バブルの真最中に批判すべきで、崩壊した後は、とやかく言っても「後出し」にすぎない。サブプライム問題もそうだ。

終ったことをキチンと総括する必要は、たしかにあるだろう。

明日を予測することも大事である。

しかし、問題は、「いまどうすればよいか」ということだ。

サブプライム・ローンが証券化され、世界の一流の証券・金融機関・格づけ機関が、こぞってもてはやしていた時に、「これはおかしい」と、なぜ評論家やジャーナリズムは言わなかったのか。

金持ちは金持ちから稼ごうとは企てない。弱者をしぼり、貧乏人をダシにして稼ぐ金こそ、本当の利益となると考えるのだ。

私たちは「昨日はこうだった」という言葉や、「明日はこうなる」という巷《ちまた》にあふれるスローガンを信用すべきではない。

「いまをどう生きるか」

そこに全力を集中すべきだろう。そして、「いまを生きる」ために、過去と未来を参考にする。

ただ参考にするだけだ。「昨日」は「いま」ではないし、「明日」も「いま」ではない。

「いまを生きる」ということは、実はなかなか難しいことなのだ。

人間の生きる道は、ほぼ一つである。生れて、生活し、病んで老い、やがて死ぬ。しかし、その運命は一つでも、歩き方はちがう。

仮りに北極星をめざして一途《いちず》に歩き続けるとしても、夏と冬とでは大きなちがいがある。夏には夏の歩き方、冬には冬の歩き方がある。アスファルトの舗道と、雪の山道では、着るものもちがうし、歩くスタイルも異なるだろう。坂道の登りとくだりでは、姿勢も、歩幅も変えなければならない。

では、「いま」はどうなのか。

登山にたとえるならば、「いま」は頂上からふもとへ降りていく、つまり下山の道にさしかかっていると考える。

登山という行為は、頂上に着いた時に終るのではない。ひと休みしたのち、こんどは安全に優雅にふもとまで下山しなければならない。

出発点に無事にもどってきたとき、はじめて登山という行為が完結するのだ。

そして、下山は、決して登山のオマケではない。むしろ山頂にいたる過程より、さらに大事な意味を持つ行為なのである。

山頂をめざして必死で登っていく。装備の重さ、傾斜のきつさのなかを、脇目もふらず営々と登っていく。

そのときは山頂をめざし、そこに達することで精一杯だ。集中して登るだけである。山頂をきわめて、下山にかかる。この過程で失敗する人も少くない。しかし、安全、かつ優雅に下山を終えることこそ、登山の後半のクライマックスなのではないか。私はそう思う。

登りにくらべれば、下っていくときは心の余裕もある。足元に高山植物が花をつけていれば、それを眺めて、よくこんな高いところに咲く花があるものだと、感心することもできる。

岩陰から雷鳥が顔をだせば、その姿に見とれることもある。

はるかかなたに目をやれば、遠くに海も見える。登山のときには気づかなかった町頂上へ達したときの感激をしみじみと噛《か》みしめて思い返すこともある。

下りの坂道の足元は滑りやすい。細心の注意を払いつつ、ふもとの出発点までたどりつく。

「家の玄関を出て、またそこに帰りつくまでが旅だ」

と言った人がいた。旅の途中でのたれ死にするのも風流だが、還《かえ》るべきところへちゃんと還る旅もまた美しい。

人はこの世にやってきて、しばらく滞在したのち、ふたたび還る。やってきたところへ。生命の根元へ。

人間の命だけでなく、旅だけでなく、登山だけでなく、歴史も、文明も登山と下山によって成りたっている。

近代から現代にかけて、この世界はすばらしいスピードで坂を駆けあがってきた。かつてないエネルギーが二十世紀をもたらした。

そしていま、私はこの現代文明が頂点をきわめ、ゆっくりと下山へむかう過程にあると感じるのだ。

夏には夏の服装があり、冬には冬の服装がある。雪道を歩くには、それなりの方法が必要だ。

人間の生きる道には変りはないが、時代に応じてその歩き方は変る。私たちの「いま」は、登りか、下りか。登山か下山か。

私は私たちの生きている時代が、下山の時期にさしかかった、と感じないではいられないのである。「いま」は、後半にさしかかった「いま」なのだ。

いま、私たちの暮す世の中は、数百年に一度の大激変期に直面している。

世の中が変る、ということは、くり返しあるものだ。しかし私たちは数十年もたてば、見事にそのことを忘れてしまう。

過去の記憶を失わせるのも、自己保存の本能のひとつかもしれない。いつまでもだらだらと過去を引きずっていては、生きていけないからである。

この百数十年間における日本の大変動は、なんといっても明治維新と、敗戦だろう。維新というのは、大革命であり、大変動だった。刀をさして歩いていた武士というものがなくなったのである。徳川さまがいちばん偉かった時代が、天皇制国家に変ったのだから。

ありえなかったような大変動がおこったのだ。着物が洋服に変り、外国と戦争をするようになった。

第二の変動が敗戦である。

農地解放、預金封鎖、財産税、戦時国債の不払い、新円切替え、超インフレ、などなど。軍国主義から民主主義へ、天皇人間宣言から男女同権まで。

この大変動にも日本人は耐えて生きてきた。第三の変動期が、いままぢかに迫っていると感じるのは、私だけだろうか。

いまが変る。変化する時代に生きることは、平時とはちがう姿勢が必要だ。

「いまを生きるちから」とは、その心構えのことだと考える。

「昨日を生きた智恵」でもなく、「明日を生きる希望」でもない。いま、この時をどう生きるか。

古典とは、それぞれの「いま」に、それぞれの読まれかたを経てきた作品のことだ。万葉集は日本の古典である。それは戦争の時代には、国家主義を支える古典として読まれた。

いま地獄への扉の開く音がきこえている。しかし、私たちの耳に伝わってくるその音に、気付こうとしない私たちがいる。

世の中が引っくり返るようなことは、よもやあるまい、なんとか政治の力で切り抜けることができるだろう、と、思っているのではないか。

私たちは、目の前の光景を見ても見えないことがある。私たち人間は、期待するイメージに当てはめて世界を見るのだ。

日本が戦争に負ける、などと、かつて私たちは想像することすらできなかった。いま、私たちは崖《がけ》っぷちに立っている。しかし目に映るのは、波はるかな水平線の広がりだけだ。目の下に逆まく波がしぶきをあげているのに。いまを生きることの、なんと難かしいことか。深いため息とともにそう思う。

この一冊は、そのようなため息から生まれた本である。

本書は、二〇〇五年十一月に日本放送出版協会から出版されたものの文庫化です。

いまを生《い》きるちから

五木《いつき》寛之《ひろゆき》

角川文庫　15462

JASRAC 出0815841-801

平成二十年十二月二十五日　初版発行

発行者—井上伸一郎
発行所—株式会社角川書店
東京都千代田区富士見二—十三—三
電話・編集（〇三）三二三八—八五五五
〒一〇二—八〇七八
発売元—株式会社角川グループパブリッシング
東京都千代田区富士見二—十三—三
電話・営業（〇三）三二三八—八五二一
〒一〇二—八一七七
http://www.kadokawa.co.jp
印刷所—暁印刷　製本所—BBC
装幀者—杉浦康平

い 7-57　ISBN978-4-04-129438-3　C0195

角川文庫発刊に際して

角　川　源　義

第二次世界大戦の敗北は、軍事力の敗北であった以上に、私たちの若い文化力の敗退であった。私たちの文化が戦争に対して如何に無力であり、単なるあだ花に過ぎなかったかを、私たちは身を以て体験し痛感した。西洋近代文化の摂取にとって、明治以後八十年の歳月は決して短かすぎたとは言えない。にもかかわらず、近代文化の伝統を確立し、自由な批判と柔軟な良識に富む文化層として自らを形成することに私たちは失敗して来た。そしてこれは、各層への文化の普及滲透を任務とする出版人の責任でもあった。

一九四五年以来、私たちは再び振出しに戻り、第一歩から踏み出すことを余儀なくされた。これは大きな不幸ではあるが、反面、これまでの混沌・未熟・歪曲の中にあった我が国の文化に秩序と確たる基礎を齎らすためには絶好の機会でもある。角川書店は、このような祖国の文化的危機にあたり、微力をも顧みず再建の礎石たるべき抱負と決意とをもって出発したが、ここに創立以来の念願を果すべく角川文庫を発刊する。これまで刊行されたあらゆる全集叢書文庫類の長所と短所とを検討し、古今東西の不朽の典籍を、良心的編集のもとに、廉価に、そして書架にふさわしい美本として、多くのひとびとに提供しようとする。しかし私たちは徒らに百科全書的な知識のジレッタントを作ることを目的とせず、あくまで祖国の文化に秩序と再建への道を示し、この文庫を角川書店の栄ある事業として、今後永久に継続発展せしめ、学芸と教養との殿堂として大成せんことを期したい。多くの読書子の愛情ある忠言と支持とによって、この希望と抱負とを完遂せしめられんことを願う。

一九四九年五月三日

角川文庫ベストセラー

風に吹かれて　五木寛之

時代の風の中にこそ青春があり、暮らしがあり、夢がある。——刊行以来、世代を超えて読み継がれる、永遠のベストセラー。記念碑的、第一エッセイ。

地図のない旅　五木寛之

旅は哀切な痛みを残し、郷愁を呼び起こすと共に、生きている現在の相貌を照らし出す。永遠の旅人、五木寛之が心の扉を開く、告白的エッセイ。

燃える秋　五木寛之

祇園祭の夜に芽生えた青年との愛。初老の画廊主が誘う暗い性の深淵…。満たされぬ亜希は、ペルシャへと旅立つ。女の新しい生き方を描く名作。

雨の日には車をみがいて　五木寛之

最後に女友達が残した言葉、「車は雨の日にこそみがくんだわ」。その夏、僕の恋と車の奇妙な遍歴が始まった。九台の車と九人の女たちの物語。

ガウディの夏　五木寛之

CFプロデューサー峰井は、情報操作で人々を不安に陥れる謎の人物・岸矢の存在を知る。情報社会における現代人の恐怖を描く衝撃の現未来小説。

生きるヒント　自分の人生を愛するための12章　五木寛之

「歓ぶ」「惑う」「悲む」「買う」「喋る」「飾る」「知る」「占う」「働く」「歌う」——日々の感情の中にこそ生きる真実が潜んでいる。あなたに贈るメッセージ。

晴れた日には鏡をわすれて　五木寛之

醜い容貌に絶望していたアカネの前に現れたクサカゲは、彼女を絶世の美女に変えようとする。美醜の対立から始まる愛と冒険の新ホラー・ロマン。

角川文庫ベストセラー

角川文庫ベストセラー

角川文庫ベストセラー

心の海を探る　遠藤周作

人の心の不思議さ、心と現実世界の密接な関係を対談の名手・遠藤周作が、河合隼雄、カール・ベッカーらと語り合う。人の心の深淵をのぞく一冊。

ながい旅　大岡昇平

映画『明日への遺言』原作。戦犯裁判で、部下の命と軍の名誉を守り抜いて死んだ岡田中将の誇り高き生涯。彼の写真と幻の遺稿を収録。

覆面作家は二人いる　北村　薫

姓は《覆面》、名は《作家》。二つの顔を持つ新人作家が日常に潜む謎を鮮やかに解き明かす――弱冠19歳のお嬢様名探偵、誕生!

覆面作家の愛の歌　北村　薫

きっかけは、春のお菓子。梅雨入り時のスナップ写真。そして新年のシェークスピア…。三つの季節の、三つの謎を解く、天国的美貌のお嬢様探偵。

覆面作家の夢の家　北村　薫

「覆面作家」こと新妻千秋さんは、実は数々の謎を解いてきたお嬢様探偵。今回はドールハウスで起きた小さな殺人に秘められた謎に取り組むが…!?

北村薫の本格ミステリ・ライブラリー　北村　薫編

北村薫が贈る本格ミステリの数々! 名作クリスチアナ・ブランド「ジェミニー・クリケット事件(アメリカ版)」などあなたの知らない物語がここに!

冬のオペラ　北村　薫

名探偵に御用でしたら、こちらで承っております。真実が見えてしまう名探偵・巫弓彦と記録者であるわたしが出逢う哀しい三つの事件。

角川文庫ベストセラー

謎物語 あるいは物語の謎　北村　薫

落語、手品、夢の話といった日常の話題に交えて謎を解くことの楽しさ、本格推理小説の魅力を語る北村ミステリのエキスが詰まったエッセイ集。

薔薇いろのメランコリヤ　小池真理子

愛し合えば合うほど陥る孤独という人生の裂け目。誰も描き得なかった愛と哀しみに踏み込んだ恋愛文学の金字塔。小川洋子解説。

狂王の庭　小池真理子

広大な敷地に全財産を投じて西洋庭園を造る男。妹の婚約者である彼を愛する人妻。没落する華族社会を背景に描く、世紀の恋愛巨編。

一角獣　小池真理子

憎悪や怒りや嫉妬を超えた底なしの悲しみが連れてきたある至福の時間。八通りの人生の、美しい凄みを見事に描ききった小説集。

蟹工船・党生活者　小林多喜二

オホーツクで過酷な労働を強いられる人々を描き、ワーキングプアの文学として再び脚光を浴びるプロレタリア文学の金字塔。雨宮処凛の解説を収録。

オヨヨ島の冒険　小林信彦

小学校五年生のルミは、変な二人組に誘拐されかけた。一家に魔の手を伸ばす秘密組織の正体は？　オヨヨ大統領とは？　傑作ユーモア冒険小説。

白痴・二流の人　坂口安吾

敗戦間近の耐乏生活下、独身の映画監督と白痴女の奇妙な交際を描き反響を呼んだ「白痴」他、武将・黒田如水の悲劇を描いた「二流の人」を収録。

角川文庫ベストセラー

堕落論 坂口安吾
「堕落という真実の母胎によって始めて人間が誕生したのだ」と説く作者の世俗におもねらない苦行者の精神に燃える新しい声。

不連続殺人事件 坂口安吾
山奥の一別荘に集まった様々な男女。異様な雰囲気の日々、やがて起こる八つの殺人…。日本の推理小説史上、不朽の名作との誉れ高い長編推理。

明治開化 安吾捕物帖 坂口安吾
文明開化の世に、次々起きる謎の事件。それに挑戦するのは、紳士探偵結城新十郎とその仲間たち。勝海舟も登場する、明治探偵小説。

和解 志賀直哉
長く不和であった父との和解までを綴る、自伝的作品にして著者の代表作である表題作のほか、父との決定的対立までを描く「大津順吉」を収録。

城の崎にて・小僧の神様 志賀直哉
名文として谷崎潤一郎の絶賛を浴びた「城の崎にて」、弱者への愛情と個人の傷心を描く「小僧の神様」など、充実した作品群計十五編を収める。

暗夜行路 志賀直哉
近代的苦悩を背負った人間の、その克服までの内的成長過程を描く、著者唯一の長編小説にして近代日本文学を代表する名作。作品解説は阿川弘之。

かっぽん屋 重松清
性への関心に身悶えするほろ苦い青春をユーモラスに描きながら、えもいわれぬエロス立ち上る、著者初、会心のバラエティ文庫オリジナル!!

角川文庫ベストセラー

濁流(上)(下) 企業社会・悪の連鎖　高杉良

企業の弱みにつけ込んでは、巨額のカネを集める「取り屋」。政財官の癒着の狭間に寄生するフィクサーの実態を暴き、企業社会の闇を活写する長編。

小説 ザ・ゼネコン　高杉良

バブル崩壊前夜、大手ゼネコンへ出向した銀行員が見た建設業界の実態とは。政官との癒着、徹底した談合体質など、日本の暗部に切り込む問題作。

燃ゆるとき　高杉良

築地魚市場の片隅に興した零細企業は、やがて「マルちゃん」ブランドで知られる大企業へと育つ。社員と共に歩んだ経営者の情熱を描く実名経済小説。

ザ エクセレント カンパニー 新・燃ゆるとき　高杉良

日本型経営が市場原理主義の本場・米国を制す！「事業は人なり」の経営理念で即席麺の米国市場に進出した日本企業の苦難と成功を描く力作長編。

田辺聖子の小倉百人一首　田辺聖子

百首の歌に百人の作者の人生。千年を歌いつがれてきた魅力の本質を、新鮮な視点から縦横無尽に綴る。楽しく学べる百人一首の入門書。

田辺聖子の今昔物語　田辺聖子

見果てぬ夢の恋・雨宿りのはかない契り・猿の才覚話など。滑稽で、怪《こわ》くて、ロマンチックな29話。王朝庶民のエネルギーが爆発する、本朝世俗人情譚。

花はらはら人ちりぢり 私の古典摘み草　田辺聖子

源氏、西鶴、一葉などの作品から今も昔も変わらない男と女の心の機微をしっとり描いたお聖さんの古典案内。花も人も散っては戻る繰り返し――。